कर्मयोद्धा खुशी

प्रणव सिंह

Made with ♥ on the Notion Press Platform
www.notionpress.com

वक्रतुण्ड महाकाय सूर्यकोटि समप्रभ ।

निर्विघ्नं कुरु मे देव सर्वकार्येषु सर्वदा ॥

मैं धन्यवाद देना चाहता हूँ वात्सल्य, निश्छलता की प्रतिमूर्ति एवं मार्गदर्शक पिता "**श्री उदयवीरसिंह**" व ममतामयी एवं प्रथम गुरु, सदैव वंदनीय माता "**श्रीमती सुनीता**" को जिनकी पावन छाया में सदैव ज्ञान और शांति का अनुभव किया है ,और इस योग्य बना कि सृजन-पथ पर चल सका ।

क्रम-सूची

प्रस्तावना

"साहित्य" काल्पनिक पुष्पों का उपवन हो या यथार्थ के कठोर धरातल पर लगने वाला कंटीला वृक्ष। यदि वह किसी मस्तिष्क को प्रेरित कर सके किसी हृदय को भावादोलित कर सके. तभी वह साहित्य की संज्ञा से विभूषित होने योग्य है।

कल्पना के माध्यम से सुसंस्कार बच्चों के मन पर शीघ्रता से अंकित हो जाते हैं ,क्योंकि बच्चों का मन यथार्थ की कठोर भूमि के समपर्क में नहीं रहता । इस संसार के प्रत्येक प्राणी का शरीर पाँच भौतिक एवं सूक्ष्म तत्वों से मिलकर बनता है- पृथ्वी जल, अग्नि ,वायु और आकाश ।

एक प्राणी के शरीर में यदि ये पाँच तत्व संतुलन में रहते हैं तो वह स्वस्थ रहते हुए अपनी शारीरिक और मानसिक शक्तियों का विकास करता है , और यदि इनमें असंतुलन की अवस्था आती है तो उसकी शारीरिक और मानसिक शक्तियां क्षीण होने लगती हैं। इस पुस्तक सीरीज़ के पहले भाग में हमने एक योद्धा का उद्गम देखा था , परन्तु पिछले भाग के अंत में कुछ बातें अधूरी रह गयीं , और अपने पीछे कुछ सवाल छोड़ गयीं , उन्हीं सवालों का जवाब हम इस भाग में ढूंढने की कोशिश करेंगे ।

प्रस्तुत पुस्तक में लेखक ने इसी "संतुलन" के महत्व को भारतीय दर्शन, योग एवं विज्ञान को कल्पना का पुट देते हुए स्पष्ट करने का प्रयास किया है। आशा है पुस्तक पाठकों की अपेक्षाओं को पूर्ण करने में सफल होगी।

भूमिका

सत्य और ज्ञान ये दोनों ऐसे अस्त्र हैं जिनकी सहायता से मनुष्य अपने जीते जी ही पृथ्वी को अपने लिए स्वर्ग बना सकता है |सत्य का होना मनुष्य को आंतरिक संतुष्टि प्रदान करता है और ज्ञान उस संतुष्टि में वृद्धि करता है | सत्य का शाब्दिक अर्थ होता है सते हितम् यानि सभी का कल्याण। इस कल्याण की भावना को हृदय में बसाकर ही व्यक्ति सत्य बोल सकता है. एक सत्यवादी व्यक्ति की पहचान यह है कि वह वर्तमान, भत अथवा भविष्य के विषय में विचार किये बिना अपनी बात पर दृढ़ रहता है.|

चेतन मन के द्वारा मनुष्य जाग्रत अवस्था में सोचता है और बाहरी दुनिया का अनुभव करता है। अवचेतन मन इन्हीं सब बातों को ग्रहण कर सुरक्षित रख लेता है। एक प्रकार से अवचेतन मन को आत्म तत्व के साथ जोड़कर देखा जाता है। एक नियत परिस्थिति में अचानक प्रतिक्रिया इसी अवचेतन मन से आती है और इसी को आत्मशक्ति भी कहते हैं।

इस पुस्तक में हम देखेंगे कि कैसे एक सीधी-सादी धार्मिक लड़की खुशी एक घटना की शिकार हो गई। एक ऐसी घटना जिसने उसके करीबी और प्रियजनों को उसके खिलाफ कर दिया, या यूँ कहें कि उसने उसे उनके खिलाफ कर दिया। उसके विद्रोह के परिणाम सभी के लिए घातक सिद्ध हुए। क्या किसी घटना से प्रभावित होकर अपने परिवार के खिलाफ हो जाना सही था, आइए इस पुस्तक के माध्यम से जानने का प्रयास करते हैं...

पावती (स्वीकृति)

इस परियोजना को सफलतापूर्वक पूरा करने में, बहुत से लोगों मेरी मदद की है। मैं उन सभी लोगों को धन्यवाद देना चाहूंगा जो इस परियोजना से संबंधित हैं।

मुख्य रूप से, मैं इस परियोजना को सफलता के साथ पूरा करने में सक्षम होने के लिए भगवान को धन्यवाद दूंगा। फिर मैं **Mr. Pankaj Kumar** को धन्यवाद दूंगा, जिनके मार्गदर्शन में मैंने इस परियोजना के बारे में बहुत कुछ सीखा । उनके सुझाव और निर्देशों ने इस परियोजना के पूरा होने में बहुत मदद की है, साथ ही मैं अपने भाई **Mr. Pushpendra Singh** और भाभी **Mrs. Alpana Singh** का धन्यवाद देना चाहूंगा, जिन्होंने हर पग पर मुझे प्रोत्साहन दिया ।

मैं अपने माता-पिता और दोस्तों को धन्यवाद देना चाहता हूं , जिन्होंने अपने मूल्यवान सुझावों और मार्गदर्शन के साथ मेरी मदद की है और परियोजना के पूरा होने के विभिन्न चरणों में बहुत मददगार रहे हैं।

Special Mention : Neha Parashar

आमुख

"इस कहानी के सभी पात्र और घटनाए काल्पनिक है, इसका किसी भी जीवित अथवा मृत व्यक्ति या घटना से कोई संबंध नहीं है। यदि किसी व्यक्ति से इसकी समानता होती है, तो उसे मात्र एक संयोग कहा जाएगा।"

"All characters and events in this story are fictional, it has nothing to do with any person or event, living or dead. If it has a resemblance to a person, it will be said to be a mere coincidence."

सह लेखक परिचय

इस पुस्तक की सह लेखिका का नाम साक्षी है ,|

साक्षी एक बहुत ही कर्मठ और प्रतिभाशाली लेखिका हैं , इनके मस्तिष्क में नए विचार यूँ जन्म लेते हैं मानों सूर्य की किरणे पृथ्वी पर प्रकाश बिखेर रही हों |

साक्षी जी के आ जाने के बाद इस पुस्तक शृंखला ने एक नया मोड़ ले लिया है और हमें पूर्ण विश्वास है की उनकी देख रेख में ये शृंखला और भी नए मक़ाम स्थापित करेंगी |

हम साक्षी जी का धन्यवाद देना चाहेंगे की खुद इतनी प्रतिभावान होने के बाद भी हमारे निवेदन पर उन्होंने हमसे जुड़ने का निर्णय लिया , अब उन्हें अपने दल में शामिल करके अत्यंत प्रसन्न और संतुष्ट हैं , और हम आशा करते हैं की साक्षी जी अपने उपयोगी सुझावों और अपनी मेहनत से हमारे साथ कंधे से कंधा मिलाकर कार्य करेंगी , और इस पुस्तक और इसके बाद आने वाली सभी पुस्तकों में आपको उनके कार्य और उनके मस्तिष्क के विचारों का भरपूर परिचय प्राप्त होगा |

1

A Fresh Start?

नैनं छिन्दन्ति शस्त्राणि नैनं दहति पावकः।

न चैनं क्लेदयन्त्यापो न शोषयति मारुतः॥

यह तो सर्वविदित है कि वस्तुओं का नाश शस्त्र आदि अथवा प्रकृति के नाश के साधनों अग्नि जल और वायु के द्‌वारा संभव है। इनमें से किसी भी साधन से आत्मा का नाश नहीं किया जा सकता।

शस्त्र इसे काट नहीं सकते यह सर्वविदित है कि एक कुल्हाड़ी से वृक्ष आदि को काटा जा सकता है परन्तु उसके द्‌वारा जलअग्नि वायु या आकाश को किसी प्रकार की चोट नहीं पहुँचायी जा सकती। सिद्‌धांत यह है कि स्थूल साधन अपने से सूक्ष्म वस्तु का नाश नहीं कर सकता । इसलिये स्वाभाविक ही है कि आत्मा (जो कि सूक्ष्मतम तत्त्व आकाश से भी सूक्ष्म है) का नाश शस्त्रों से नहीं हो सकता।

इतिहास भी आत्मा की तरह एक कभी न मिटने वाली पहचान छोड़ जाता है...न इतिहास को कोई किसी भी शास्त्र से मार सकता है और न ही इतिहास को कभी पूरे तरीके से नष्ट किया जा सकता है... इतिहास स्वयं गवाह है ,कि जब-जब किसी ने उसे मिटाने की कोशिश की,उसका खुद का वजूद समाप्त हो गया | इतिहास प्राय: प्रांतों तथा विशेष देशों के युगों के लिखे जाते हैं। अब इस ओर चेष्टा और प्रयत्न होने लगे हैं कि यदि संभव हो तो सभ्य संसार ही नहीं, वरन् मनुष्य मात्र के सामूहिक विकास या विनाश का अध्ययन भूगोल के समान किया जाए। इस ध्येय

की सिद्धि यद्यपि असंभव नहीं, तथापि बड़ी दुष्कर है। इसके प्राथमिक मानचित्र से यह अनुमान होता है कि विश्व के संतोषजनक इतिहास के लिए बहुत लंबे समय, प्रयास और संगठन की आवश्यकता है।
धर्म का इतिहास सदियों से धर्मनिरपेक्ष और धार्मिक इतिहासकारों दोनों के लिए एक मुख्य विषय रहा है, और सेमिनार और अकादमी में पढ़ाया जा रहा है। अग्रणी पत्रिकाओं में चर्च इतिहास, कैथोलिक हिस्टोरिकल रिव्यू, और धर्म का इतिहास शामिल है। विषय व्यापक रूप से राजनीतिक और सांस्कृतिक और कलात्मक आयामों से लेकर धर्मशास्त्र और मरणोत्तर गित तक फैला हुआ है। यह विषय दुनिया के सभी क्षेत्रों और जगहों में धर्मों का अध्ययन करता है जहां मनुष्य रहते हैं।

अब तक हमने देखा कि पार्थ नाम का एक साधारण सा इंसान जो कि एक वैज्ञानिक होता है... जिसका सामना भीखू नाम के एक के सिद्ध सन्यासी से होता है... भीखू पार्थ को उसकी असली शक्तियों से परिचित कराता है... और धीरे-धीरे पार्थ भी उन शक्तियों को महसूस करता है... और तब हम को मिला अपना सबसे पहला रक्षक.... जो कि जल कि शक्तियों से परिपूर्ण होता है...| पार्थ एक दिव्य जल कि रक्षा के लिए ECHO नाम के ग्रह के राक्षसों से युद्ध करता है... और उस जल को सुरक्षित कर देता है... परन्तु उस जल के बाकि के दो स्थानों के बारे में वह अनजान रहता है इस युद्ध के अंत में अब उसके सामने एक ऐसी स्त्री रूपी योद्धा आती है ...जिसके मुख पर एक मुखौटा लगा हुआ होता है.. उस मुखौटे के हटते ही पार्थ हक्का-बक्का रह जाता है.... क्यूंकि वह उसकी बहन प्राक्षी थी...|

इसके बाद प्राक्षी उसको अपनी कहानी बताती है.. वह पार्थ को बताती है कि किस तरह राहुल ने प्राक्षी से शादी की... किस तरह ECHO पहुंची.... और किस तरह उसे अपनी शक्तियां प्राप्त हुईं... और हम को प्राप्त हुई एक ऐसी योद्धा जिसके पास अग्नि कि विनाशकारी शक्तियों के साथ - साथ प्राणदायी शक्तियां भी थी और उन से भी बढ़कर थी जीवन मणि कि शक्तियां जो प्राक्षी के शरीर में समाहित थी...| जल के दूसरे स्थान का पता चलने पर DRAVEN और उसकी रक्षक

TORNEDO ने पार्थ और प्राक्षी का सामना किया... पर अंत में विजय हुई प्रेम की.. | DRAVEN को मृत्यु मिली और पार्थ को TORNEDO का प्यार.....| प्यार की ताक़त के आगे हर एक ताकत को झुकना पड़ा....| दिव्य जल पाने की चाहत रखने वाला अजेय DRAVEN आखिर में अपनी ही बनाई शक्ति से मारा गया...|

DRAVEN को हराने के बाद प्राक्षी, पार्थ और TORNEDO को लेकर उस गुफा में गयी जहाँ पर दोनों कन्यायें, AUSTIN के साथ सुरक्षित थीं.. इसके बाद प्राक्षी और पार्थ के पिता ने उनको प्राक्षी की कन्या बारे में आगाह करते हुए उन दोनों कन्याओं का नामकरण किया...... AUSTIN की पुत्री का नाम अद्विका रखा गया और प्राक्षी कि कन्या का नाम खुशी......

जैसे ही AUSTIN ने प्राक्षी और पार्थ के पिता के मुँह से “ख़ुशी” नाम सुना उसने तुरंत प्राक्षी की पुत्री के चरणों को अपने माथे से लगा लिया.....| ख़ुशी नाम सुनते ही AUSTIN का चेहरा डर और सम्मान के अजीब से संयोग के भाव से घिर गया..| ये देख कर प्राक्षी को बहुत आश्चर्य हुआ..... और उसने अपने पिता से पूछा...... “पिताजी! गुरुमाँ ने ख़ुशी को ऐसे दंडवत प्रणाम क्यों किया से इसके पीछे क्या कारण है...|

मैं ये सब जानना चाहती हूँ..| हमारा अतीत उस मणि की कहानी और उस जल की कहानी मुझे वह सब जानना है...|" प्राक्षी को इतना व्याकुल देख कर उसके पिता ने उससे और सबसे कहा... "मैं तुम लोगों के हर एक सवाल का जवाब देता हूँ लेकिन उससे पहले मैं तुम सबको अपना नाम बता देना चाहता हूँ..... मेरा नाम.... "वशिष्ठ" है.... और अब मैं जो तुम लोगों को बताने जा रहा हूँ... वो बात तुम लोगों की ज़िन्दगी को एक नया मोड़ देने वाली है...| जो बातें मैं तुम्हें बताने वाला हूँ वो बातें वो राज़ सिर्फ तुम्हारी ही नहीं बल्कि इस पूरी धरती के लोगों की ज़िन्दगी से जुड़ा है... लेकिन कुछ भी बताने से पहले मैं चाहता हूँ कि तुम सब अपनी शक्तियों से इस गुफा को एक ऐसे अभेद्य स्थान में बदल दो...|

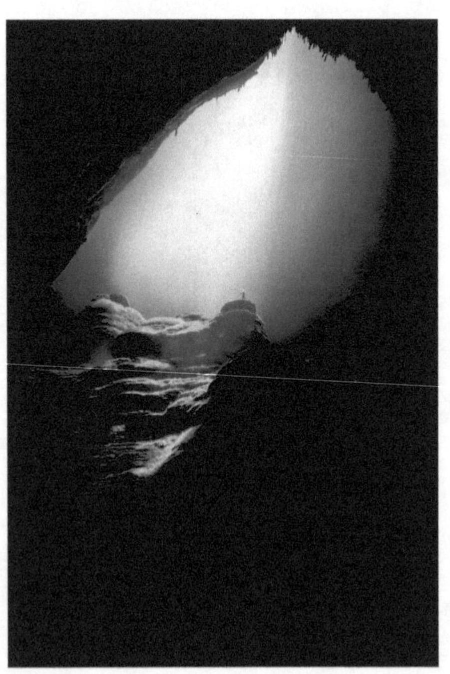

जिसमें एक परिंदा तक न आ सके... क्यूंकि ये ऐसे राज़ हैं... जो मनुष्य तो मनुष्य अगर जानवरों से पक्षियों को भी पता चल जाएँ तो उनकी ज़िन्दगी को भी प्रभावित कर सकते हैं | इस कथा को बताते वक़्त जो ऊर्जा जागृत होगी उसे कोई साधारण मनुष्य, ना ही कोई पशु-पक्षी कोई सहन नहीं कर सकता...|

इसलिए मैं चाहता हूँ कि तुम लोग अपनी-अपनी शक्तियों से इस जगह को स्थिर कर दो...|" वशिष्ठ के मुख से ये सुनते ही प्राक्षी, पार्थ और TORNEDO ने उस जगह के हर एक कोने को अपनी शक्तिओं से अभिमंत्रित करके स्थिर कर दिया... इसके बाद वशिष्ठ ने प्राक्षी की पुत्री को अपनी गोद में लिया और कहा... "जिस शक्ति का संचार तुम्हारे अंदर हो रहा है पुत्री ये कहानी उस शक्ति की है...| इस कहानी के अंत में निकलने वाली ऊर्जा जब तुम्हारे शरीर में प्रवाहित होगी... तो हम में से कोई नहीं जानता कि वो तुम्हारे ऊपर क्या प्रभाव डालेगी... परन्तु ये नियति है और हम इसे बदल नहीं सकते|".. ये कहते-कहते वशिष्ठ की आँखों में आंसू आ गये.... परन्तु उन्होंने खुद को सँभालते हुए से ख़ुशी को प्राक्षी को सौंप दिया और... बोले... "इस प्रकृति में कुछ ऐसे तत्त्व और रत्न मौजूद हैं.. जो अपार शक्तिशाली हैं... जो मनुष्य की क्षमता से कहीं अधिक तीव्र हैं..| उन सभी तत्वों की शक्ति पृथ्वी पर रहने वाले लोगों को हानि न पहुंचा सके इसलिए उन तत्वों को ऐसे दुर्गम स्थानों पर रखा गया है..| जो अमूमन मनुष्यों की नज़रों और पहुँच से दूर हैं...| हमारे भारत का इतिहास ऐसी तमाम कथाओं से भरा हुआ है... परन्तु ये कथा उन सभी तत्वों को शायद फिर से उजागर कर देगी, और फिर शुरू होगी तुम सबके जीवन की सबसे बड़ी यात्रा| एक के बाद एक तत्व नज़र आएंगे और उनको हासिल करने वाली शक्तियां भी |इस कहानी में पात्र तो कई हैं.. पर लक्ष्य केवल एक "अग्नि.."|"

अपने पिता की बात सुन कर प्राक्षी और पार्थ स्तब्ध थे... परन्तु प्राक्षी ने देखा कि AUSTIN को ये बात सुन कर कोई हैरानी नहीं हुई..| जैसे की वह सब कुछ पहले से जानती है... | ये देखकर प्राक्षी को थोड़ा अजीब लगा.... परन्तु अगले ही पल प्राक्षी ने देखा कि ख़ुशी और अद्विका दोनों के शरीर में एक ऊर्जा का प्रवाह हो रहा है | " ये देखकर उसने अपने पिता से कहना चाहा पर उसके पिता ने बीच में ही उसे रोक कर कहा...."पुत्री ये केवल एक शुरुआत है... समय हर सवाल का जवाब देगा ...और बहुत सारे सवाल पूछेगा भी....जिनके जवाब तुम सबको मिलके ढूंढने होंगे...|" इसके बाद वशिष्ठ ने उन सब को कथा सुनना आरम्भ किया...

2

The Vashishtha's Tale

इतिहास हम सबकी ज़िन्दगी का एक ऐसा हिस्सा है... जिसे कभी नहीं भुलाया जा सकता.... किसी का इतिहास सुखद होता है.. तो वहीं किसी का इतिहास दुखद भी होता है.. परन्तु हम कभी भी अपने इतिहास को बदल नहीं सकते| मनुष्य का वर्तमान और उसका भविष्य चाहे कितना भी उसके कर्म पर निर्भर करे... परन्तु यदि उसका इतिहास सुखद है.... तो वह कहीं न कहीं उसके लिए लाभदायी ज़रूर होगा...| मनुष्य के जीवन में एक मोड़ ऐसा आता है,जब उसे अपनी क्षमताओं और अपने इतिहास का बोध होता है..| किसी को वो इतिहास अपने माता पिता के संघर्ष के रूप में दिखता है.. तो किसी को अपना इतिहास इस चीज़ में दिखता है कि उसने क्या-क्या हासिल किया....| लेकिन प्राक्षी और पार्थ दोनों ही अपना अतीत नहीं जानते थे उन दोनों को नहीं पता था कि उनके अतीत में क्या हुआ ? आखिर उनका जन्म कैसे हुआ...? उन्हें मिली इन शक्तियों का क्या राज़ है...? आखिर क्यों प्रकृति ने उन दोनों को इस दुनिया की रक्षा करने के लिए चुना...? शायद उनके पिता जो कुछ उन्हें बताने वाले थे उसमें उनके सवालों का जवाब छुपा था..| लेकिन जितने वो दोनों अपना अतीत जानने के लिए उत्सुक थे.... उससे कहीं ज्यादा उनके मन में ये डर था कि कहीं ये अतीत उनके लिए कोई ऐसा राज़ न खोल दे जिसको

वो स्वीकार न कर पाएं...| हज़ारों सवालों से घिरे उन दोनों योद्धाओं ने अपने पिता की तरफ देखा और वशिष्ट ने कथा सुनाना शुरू किया....|

वर्षों पूर्व जब इस धरती पर कुछ नहीं था.. था तो केवल हर तरफ जल ही जल,न कोई मनुष्य , न कोई पशु न पक्षी,यक्ष गन्धर्व,ना कोई देवता कोई नहीं था,थी तो केवल एक ऊर्जा , एक लिंग जिसका ना कोई आदि था ना कोई अंत और वो थे महादेव.... महादेव ने त्रिदेवों को पूर्ण किया महादेव से ही विष्णु जी की उत्पत्ति हुई और विष्णु जी से ब्रह्मदेव की... त्रिदेवों का कार्य एक दूसरे में बंटा हुआ है....| ब्रह्मा जी का कार्य संरचना करना है ...| विष्णु जी का कार्य उस संरचना का पालन-पोषण है, और महादेव का कार्य उस संरचना का विध्वंस करना...| धीरे-धीरे पृथ्वी पर मनुष्यों का आगमन हुआ... परन्तु ये वो काल था जब पृथ्वी पर मनुष्य बहुत की कम थे, और संसाधन बहुत अधिक उन संसाधनों को देख कर कुछ मनुष्यों का मन उन्हें हासिल करने को लालायित होने लगा... और उन मनुष्यों में AUDRIC भी थे... परन्तु तब AUDRIC का नाम AUDRIC नहीं बल्कि राघव था | राघव ने ये संसाधन वाली बात अपने पिता सुयोजन को बताई...| राघव ही की तरह सुयोजन भी बुरी सोच रखने वाला व्यक्ति था....|राघव की बात सुन कर सुयोजन ने उससे कहा... "हे पुत्र! जिन्हें तुम सिर्फ संसाधन समझ रहे हो वो पंचतत्वों की अनूठी शक्तियां हैं... जल,अग्नि,आकाश,वायु और पृथ्वी...| इन शक्तियों के अलावा मनुष्यों की शक्तियों को असीमित कर सकें ऐसी जीवन मणि और स्थिरता मणि भी हैं... |

जीवन मणि जो मनुष्य के बड़े से बड़े घाव को ,बड़ी से बड़ी शारीरिक क्षति को पल भर में दुरुस्त करने में सक्षम है... तो वहीँ दूसरी तरफ स्थिरता मणि जो कि मनुष्य के मन को स्थिर करने में सहायक बनती है... और जिस मनुष्य का मन स्थिर हो जाता है... वह किसी भी समस्या का समाधान एक पल में ढूंढ सकता है |" आगे सुयोजन,राघव को बताते हैं.... "हे पुत्र! इन 7 रत्नों को पाना इतना सरल नहीं है...| इन रत्नों को सिर्फ वही व्यक्ति हाथ लगा सकता है,जिसके पास दिव्य शक्तियां हों... और दिव्य शक्तियां प्राप्त करने के लिए तुम्हें तप करना होगा... परन्तु किसी देव अथवा त्रिदेवों का नहीं... तुम्हें तप करना होगा बुराई की शक्तियों का....|" अपने पिता की बात सुन कर राघव वन में जाकर ने तप शुरू किया...|

उधर राघव के तप करने की बात जब वशिष्ठ को पता चलती है,तब वह व्याकुल हो जाता है.. और अपनी पत्नी को इस बारे में बताता है...| वशिष्ठ की पत्नी एक महा-तपस्विनी थी और उसके पास अपनी

सिद्धियों की शक्ति थी...| उसने अपने पति से कहा... "हे स्वामी! इस वक़्त राघव को रोकने का केवल एक मार्ग है... "जिस तरह लोहा ही लोहे को काटता है... ठीक उसी प्रकार... जब राघव उन शक्तियों को प्राप्त करने के लिए बुराई का तप कर रहा है तो ये अनिवार्य कि है कि आपके पास भी सच्चाई और अच्छाई के तप का तेज हो, तभी हम उन रत्नों की रक्षा कर पाएंगे... | वशिष्ठ को अपनी पत्नी की बात जंच गयी और उसने यज्ञ करने का फैसला लिया |

राघव और वशिष्ठ दोनों एक की वन में तपस्या में लीन थे | उन दोनों की तपस्या के तेज के कारण उस वन में चारों तरफ प्रकाश ही प्रकाश था |फर्क सिर्फ इतना था कि एक प्रकाश से तेज और शांति का अनुभव हो रहा था और दूसरे से घृणा और पाप का | उन दोनों की तपस्या के तेज और मंत्रोंच्चारण के कारण उन दिव्य रत्नों की शक्ति और अधिक बढ़ गयी...| एक और वो दोनों अपने अपने लक्ष्य की प्राप्ति के लिए तपस्या में लीन थे, तो वहीँ दूसरी तरफ सुयोजन ने राघव की पत्नी जिसका नाम सुलोचना था उसे उन रत्नों की महिमा के बारे में बताया | सुलोचना एक बहुत शातिर महिला थी...| उसने उन रत्नों के बारे में सुना और सीधे राघव की पत्नी से मिलने जा पहुँची...|

उधर जब राघव और वशिष्ठ दोनों अपनी-अपनी साधना में लीन थे तब एक असाधारण घटना घटित हुई... चूँकि वो दोनों ही पृथ्वी पर मौजूद उन रत्नों के लिए साधना कर रहे थे...| इसलिए साधना के चरम पर पहुँचते-पहुँचते उन दोनों के तेज पुंज आपस में टकराने लगे और उन विपरीत शक्ति के तेज पुंजों के टकराने से अंतरिक्ष में एक भयंकर विस्फोट हुआ ,और उस विस्फोट ने जन्म दिया एक ऐसे ग्रह को जो किसी ज्वालामुखी के दहकते लावा की भांति था| वही ग्रह आगे चल कर कहलाया ZORN

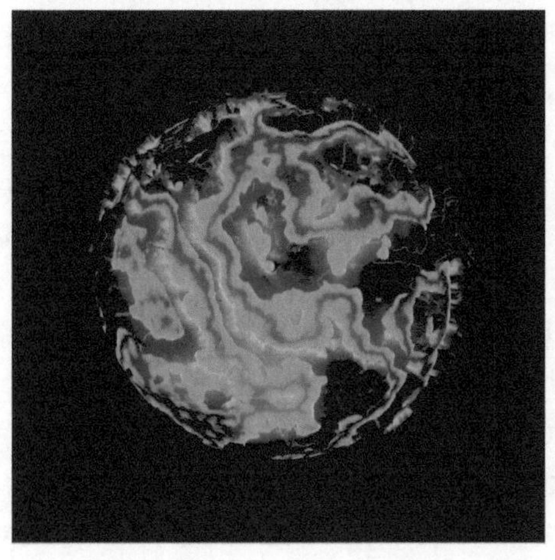

ये सब सुनकर प्राक्षी ने अपने पिता से पूछा... “हे पिताजी! आपने अपनी कथा में अपनी पत्नी का ज़िक्र किया.... अर्थात क्या हमारी माता भी आपकी इस यात्रा का हिस्सा हैं..? क्या हमारी माता अभी भी जीवित हैं... यदि हैं तो वो कहाँ हैं...?”... प्राक्षी के मुख से इतने सारे सवाल सुनकर वशिष्ठ ने गहरी सांस ली और कहा... "आखिर आज वो दिन आ ही गया जब तुम दोनों अपनी माता के विषय में जान जाओगे, शायद ये सब जानने के बाद तुम अपनी नियति को दोष दो...परन्तु जो कुछ मैं तुम्हें बताऊंगा.... या जो कुछ हो चुका और जो आगे होने वाला है...उसमें तुम दोनों का कोई भी कसूर नहीं है... वो मेरी और तुम्हारी माता की नियति थी..." अपने पिता को इतना व्याकुल देख कर पार्थ ने अपने पिता से कहा...."हे पिताश्री! कृपा कर के आप हमें हमारी माता के बारे में बताईये.... आपकी भाव भंगिमा देख कर न जाने क्यों हमारा मन बैठा जा रहा है...पार्थ की बात सुन कर वशिष्ठ ने कहा...."अवश्य पुत्र ! तुम्हें तुम्हारी माता के बारे में जानने का पूरा अधिकार है.... तुम्हारी माता एक महा-तपस्विनी थी.. जिसने अपनी सिद्धियों और कठिन परिश्रम के बल पर वो सब प्राप्त किया जो एक मनुष्य के लिए पर्याप्त है| वह

एक तपस्विनी होने के साथ-साथ एक महान योद्धा थी जिसे हर प्रकार के अस्त्र-शस्त्र का अतुल्य ज्ञान था |वशिष्ठ इतना बता ही रहा होता है कि तभी प्राक्षी की कन्या जिसका नाम ख़ुशी है... उसके शरीर में एक तेज जाग्रत होता है| ये देख कर AUSTIN घबरा जाती है और वशिष्ठ की ओर देखती है...| वशिष्ठ उन्हें आँख़ों ही आँख़ों में शांत रहने को कहतें हैं...| लेकिन आश्चर्य की बात ये थी कि इस तेज को प्राक्षी, पार्थ यहाँ तक की TORNEDO भी नहीं देख पाते हैं... ये देख कर वशिष्ठ को भी हैरानी होती है... इसके प्राक्षी अपने पिता से पूछती है... "पिताश्री हमारी माता का क्या नाम था... क्यूंकि अभी तक हम उनका नाम भी नहीं जान पाए हैं ... इसलिए पहले हमें उनका नाम जानने की इच्छा है..." ये सुन कर वशिष्ठ ने प्राक्षी से कहा.... हे पुत्री! तुम्हारी माता का नाम सुनकर शायद तुम्हें आश्चर्य हो... परन्तु तुम्हारी माता का नाम था... "खुशी"|

3

The Race begins

यूँ तो मनुष्य का जीवन जितना सरल और सीधा हो उतना सर्वोत्तम माना जाता है.. परन्तु आपका जीवन सरल और सीधा हो ये आपके हाथ में तो नहीं...| मनुष्य कितना भी चाहे अपनी नियति से नहीं जीत सकता...| नियति में जो लिखा है वो होकर रहेगा...| नियति से तो स्वयं भगवान भी नहीं जीत सकते....| सभी की नियति पूर्वनिर्धारित नहीं होती.. परन्तु हमारे जीवन की परिस्थितियां हमारी नियति निर्धारित कर देती हैं...| किसने सोचा था एक साधारण-सा दिखने वाला वैज्ञानिक एक असाधारण योद्धा बनेगा...| पार्थ का जीवन अपने आप में एक रोमांचकारी सफर है...जिस सफर में प्राक्षी भी उसकी साथी बन चुकी है...| परन्तु अब उन दोनों का जीवन एक ऐसे मार्ग पर आ पहुंचा था जहाँ हर एक दिन इनके जीवन एक नया रहस्य और एक नया अध्याय खोल रहा था | जितने हैरान वो दोनों थे उससे ज्यादा अशांति AUSTIN आँख़ों में थी.... शायद कुछ ऐसा था जो AUSTIN जानती थी... परन्तु कह नहीं पा रह थी... दूसरी तरफ वशिष्ठ ,प्राक्षी और पार्थ को उनके जीवन और उनकी माता के बारे में बताना आरम्भ करते हैं....|

प्राक्षी के इतना ज़ोर देने के बाद वशिष्ठ ने प्राक्षी को उनकी माता का नाम बताया, और अपनी माता का नाम सुन कर प्राक्षी और पार्थ दोनों हैरान हुए...क्यूंकि उन्हीं के पिता ने यही नाम प्राक्षी कि पुत्री को भी दिया है |

परन्तु वहां एक बात अजीब हुई जिस पर सिर्फ प्राक्षी ने ध्यान दिया... जैसे ही वशिष्ठ ने उनकी माता का नाम लिया... वैसे ही AUSTIN ने अपनी आँखे बंद करके और दोनों हाथों को जोड़ कर मन ही मन में किसी को नमन किया | ये बात प्राक्षी को थोड़ी अजीब लगी परन्तु उस वक़्त उसने उस बात को नज़रअंदाज कर दिया | इसके बाद प्राक्षी ने अपने पिता से कहा... "हे पिताश्री! आप कृपया हमें हमारी माता के बारे में विस्तार से जानकारी दीजिये | अब उनका नाम जानने के बाद मेरे मन में उनके बारे में जानने की जिज्ञासा और भी प्रबल होती जा रही है...|" ये सुनकर वशिष्ठ बोले "यदि तुम्हें अपनी माता के बारे में जानना है तो तुम्हें पूरी कहानी को विस्तार से जानना आवश्यक है | यदि उन सब बातों को छोड़ कर मैंने तुम्हें सिर्फ तुम्हारी माता के बारे में बताया तो तुम लोग वो कभी नहीं जान पाओगे जो मैं तम्हे बताना चाहता हूँ...| अपनी भावनाओ को अपने पर प्रबल मत होने दो..क्यूंकि अब तुम दोनों कोई साधारण मनुष्य नहीं बल्कि एक महाशक्ति के स्वामी हो..| यदि तुम्हारी ही भावनाएं तुम पर भारी होने लगीं तो ये सभी के लिए विनाशकारी सिद्ध होगा...|"

अपने पिता के ऐसे वचन सुन कर प्राक्षी और पार्थ ने अपनी भावनाओं को अपने वश में किया और अपने पिता से कहा.... "हे पिताजी! कृपया हमें क्षमा करें... अपनी माता का नाम आते ही हम खुद को रोक नहीं पाए.... कृपया आप कथा सुनाना पुनःआरम्भ कीजिये..." वशिष्ठ कहानी सुनाने ही वाले थे कि तभी AUSTIN वशिष्ठ के पास आयी और उनके कान में कुछ कहा... AUSTIN की बात सुनकर वशिष्ठ थोड़ा सा विचलित तो हुए परन्तु फिर उन्होंने AUSTIN से कहा.... "एक न एक दिन ये होगा जिसे ना मैं रोक पाउँगा और न आप..|" ये कहकर उन्होंने कहानी सुनाना दोबारा शुरू किया |

वशिष्ठ और राघव की तपस्या के तेज के कारण ZORN नाम के ग्रह का उद्गम हो चुका था.. परन्तु अपने उद्गम के समय ZORN मात्र एक अग्नि का गोला था...| जैसे ही ZORN ग्रह की उत्पति हुई तभी जिस वन में वशिष्ठ और राघव तप कर रहे थे,वहां अपार शक्ति का एक भयंकर विस्फोट हुआ.... और उस विस्फोट द्वारा पैदा हुई ऊर्जा से राघव को वो मिल गया जो वह चाहता था... अर्थात राघव को प्राप्त हुई भयानक

आसुरी शक्तियां...| अब वह कोई साधारण मनुष्य नहीं था बल्कि वह बन चुका था एक ऐसा समर्थ व्यक्ति जिसके पास उन रत्नों को उठाने की पूरी शक्तियां थीं...| शक्तियां प्राप्त करते ही राघव ने सबसे पहले वशिष्ठ को मारने का विचार किया... परन्तु जैसे ही वह वशिष्ठ को मारने के लिए आगे बढ़ा तभी पीछे से किसी ने उसे खींच लिया... ये और कोई नहीं बल्कि उसके पिता सुयोजन थे...|

दूसरी तरफ वशिष्ठ अपने तप में लीन थे...| तभी अचानक वहां पर एक प्रकाश पुंज उत्पन्न हुआ... और उस प्रकाश पुंज ने मानव ध्वनि निकालते हुए वशिष्ठ से कहा... "हे पुत्र! तुम जिस महान कार्य की प्राप्ति के लिए शक्तियां प्राप्त करना चाहते हो... उसके लिए मैं तुम्हारा सदैव आभारी रहूँगा... परन्तु हे पुत्र! स्मरण रहे.. ये शक्तियां जितनी मनुष्य जाति के लिए लाभदायी सिद्ध हो सकती हैं..उतनी ही तुम्हारे लिए विनाशक...| तुम्हारी ज़िन्दगी में अब कुछ ऐसे मोड़ आएंगे...जिनका तुम्हारे पास कोई जवाब नहीं होगा..| इसीलिए तुम्हें ये शक्तियां प्रदान करने से पहले मैं तुमसे एक बार और पूछता हूँ.. "क्या तुम स्वयं के जीवन की खुशियों को त्याग कर मनुष्य जाति के लिए कार्य करना चाहते हो..?" उस प्रकाश पुंज से ऐसी बातें सुनकर एक क्षण के लिए वशिष्ठ व्याकुल हो गया... लेकिन फिर उसने अपने पिता का ध्यान किया और उस प्रकाश पुंज से बोला... "हे देव! मैं आपकी हर एक बात को अच्छी तरह से समझ चुका हूँ... परन्तु मेरे पिताजी ने मुझे जो कार्य सौंपा है, उस कार्य को करने लिए मैं कोई भी बलिदान देने के लिए तैयार हूँ..| अतः यदि आप मेरे तप से प्रसन्न हैं... तो मुझे वो शक्तियां प्रदान कीजिये जिनकी सहायता से मैं उन रत्नों और मणियों की रक्षा कर पाऊँ|

वशिष्ठ के ऐसे वचन सुन कर उस प्रकाश पुंज ने कहा.. "हे पुत्र मैं तुम्हारे संकल्प और दृढ निश्चय से प्रसन्न हूँ अतः मैं तुम्हें वो शक्तियां प्रदान करता हूँ जिससे तुम उन मणियों और रत्नों कि रक्षा करने में समर्थ हो जाओगे, परन्तु स्मरण रहे मात्र शक्तियां होने से तुम उनकी रक्षा नहीं कर सकते उसके लिए तुम्हें अपना सम्पूर्ण जीवन उन रत्नों के लिए समर्पित करना होगा , और इसीलिए शक्तियों के साथ-साथ मैं तुम्हें देता हूँ एक वरदान, वरदान अमृत्व का...| अर्थात जब तक तुम

स्वयं अपनी जीवन लीला समाप्त नहीं करोगे.. मृत्यु तुम्हें छू भी नहीं पाएगी|" इसके बाद उस प्रकाश पुंज की सारी ऊर्जा वशिष्ठ के शरीर में समाहित हो गयी...| वशिष्ठ का तप सफल हो चुका था...| उसे वो मिल चुका था जिसके लिए उसने संघर्ष किया, परन्तु वह ये नहीं जानता था कि उसका वास्तविक संघर्ष अब आरम्भ होने वाला था...|

उधर राघव ने अपनी शक्तियां प्राप्त करने के बाद सबसे पहले उन सभी मणियों और रत्नों को हासिल करने का प्रण लिया.... और अपने पिता से कहा... हे पिताजी... "कृपया आप मुझे बताइये कि वो मणि और रत्न मुझे कहाँ से प्राप्त होंगे" ये सुनकर सुयोजन ने कहा... हे पुत्र उन मणियों और रत्नों की असली जगह के बारे में कोई नहीं जान पाया है... परन्तु प्राचीन पुस्तकों में इस बात का जिक्र है कि जब-जब जिस भी रत्न या मणि के उद्गम से कोई महान कार्य जुड़ने वाला होगा तब-तब वह प्रकट हो जायेगा | पृथ्वी के उद्गम से ही जल की भारी मात्रा यहाँ पर उपलब्ध थी... इसीलिए उस जल को नियंत्रित करने के लिए अग्नि तत्व का उद्गम हुआ था| अतः तुम्हें इस वक़्त सर्वप्रथम अग्नि तत्त्व की खोज में जाना चाहिए, क्यूंकि इस वक़्त केवल अग्नि ही वह तत्त्व है जिसके होने का प्रमाण मौजूद है| बाक़ी के तत्त्व(रत्न और तत्त्व से एक ही अभिप्राय है) और मणियाँ अभी अवतरित हुई हैं या नहीं इसके बारे में अभी कुछ नहीं कहा जा सकता| अपने पिता की बात सुनकर राघव निकल पड़ा अग्नि तत्त्व को ढूंढने एक ऐसे सफर पर जहाँ उसे न अपनी मंजिल का पता था और ना ही मंजिल तक पहुंचने के रास्ते का | पता था तो केवल अग्नि तत्त्व का...|

उधर वशिष्ठ ने अपने पिता से अपनी और उस प्रकाश पुंज के बीच हुई वार्तालाप के बारे में बताया... | अपने पिता को ये सब बताने के बाद उसने अपने पिता से अपनी पत्नी ख़ुशी के बारे में पूछा इस पर उसके पिता ने कहा... "हे पुत्र तुम तो जानते हो कि मैं अपना अधिकांश समय बाहर ही व्यतीत करता हूँ, अतैव तुम स्वयं ही जाकर अपने प्रश्न का उत्तर ढूंढ लो..| ये सुनकर वशिष्ठ ने जैसे ही घर के अंदर जाने के प्रयास किया उसे एक अग्नि की भीषण ऊष्मा का अनुभव हुआ और उसके पैर बाहर ही रुक गए...| बार-बार प्रयास करने के बावजूद वशिष्ठ घर के अंदर प्रवेश

नहीं कर पा रहा था... तब उसने उस प्रकाश पुंज को याद किया और ऐसा करते ही उसके अंदर एक तीव्र शक्ति का संचार हुआ और उसने घर के अंदर प्रवेश किया परन्तु उसने जो देखा उसकी आँखे फटी की फटी रह गई....|

4

The Riddle

होशियारी,तरकीब और धोखा जब ये तीनो मिल जाएँ तो उस चीज़ को जादू समझ लिया जाता है... परन्तु क्या सच में ऐसा मुमकिन है कि एक ही समय पर ये तीनो चीज़ें मिल जाएँ ? प्राक्षी और पार्थ के जीवन में चल रही घटनाएं इस बात को चीख-चीख कर कह रही हैं कि उनकी अभी तक की ज़िन्दगी किसी जादू से कम नहीं थी| जहाँ हर रोज़ एक नयी सच्चाई,एक नया रहस्य उनका बाहें फैला कर इंतज़ार कर रहा था...| जैसे-जैसे उनके पिता वशिष्ठ उन्हें अपनी कथा सुनाते जा रहे थे उसके साथ-साथ उनकी जिज्ञासा और डर दोनों ही बढ़ते जा रहे थे...| वशिष्ठ भी जानते थे कि प्राक्षी और पार्थ पर इस कथा का क्या प्रभाव होने वाला है परन्तु उसके साथ-साथ वो ये भी भली भांति जानते थे कि अब उन दोनों को उनके जीवन का रहस्य बताना बेहद ज़रूरी था...| इस पुरे वाक्या में एक बात थी जो प्राक्षी को कब से सताये जा रही थी और वो थी AUSTIN....| जैसे-जैसे ये कहानी आगे बढ़ रही थी वैसे-वैसे AUSTIN के माथे की लकीरें एक नयी कहानी को जन्म दे रही थी | बहुत सारे सवाल थे जो प्राक्षी के दिमाग में जन्म ले चुके थे पर उन सवालों का प्राक्षी के पास कोई जवाब नहीं था| अपने पिता से अब तक की कहानी सुनने के बाद प्राक्षी ने पूछा... "हे पिताजी! तो क्या आपको वो शक्तियां उस शक्तिपुंज से प्राप्त हुई उन्हीं शक्तियों की वजह से हम दोनों को भी ये शक्तियां प्राप्त हुई हैं ? क्या मेरी पुत्री भी उसी शक्ति का एक अंश

है? कृपया मेरे सवालों का उत्तर दीजिये क्यूंकि मेरा हृदय इन सब सवालों से थक चुका है...|" ये सुनकर वाशिष्ठ ने प्राक्षी से कहा.... " हे पुत्री! मैं समझ सकता हूँ कि अपने अतीत के बारे में सुनना सबसे मुश्किल कार्य है... परन्तु फिर भी मैं तुमसे ये निवेदन करता हूँ एक बार पूरी कहानी सुनने के बाद ही तुम किसी निष्कर्ष पर पहुंचना..."इसके बाद वशिष्ठ अपनी कहानी आगे बढ़ाते हैं...|

वाशिष्ठ अपने अथक प्रयासों के बाद अंततः अपने घर में प्रवेश करते हैं परन्तु वहां का हाल देख कर उनकी आँखे खुली की खुली रह जाती हैं... वाशिष्ठ ने देखा कि ख़ुशी का आधा शरीर अग्नि से झुलसा हुआ है..| ये देखकर वशिष्ठ घबरा गए और तुरंत खुशी के खुशी के पास गए.... वशिष्ठ को देख कर ख़ुशी ने रोते-रोते उन्हें गले से लगा लिया और ज़ोर-ज़ोर से रोने लगी.... अपनी पत्नी की ऐसी हालत देख कर वशिष्ठ बहुत घबरा गए और ख़ुशी से पूछा.... "प्रिये! तुम्हारी ये हालत कैसे हुई मुझ से विस्तार से बताओ मेरा हृदय बैठा जा रहा है...|" ये सुनकर ख़ुशी ने कहा.... "स्वामी अभी कुछ समय पूर्व ही राघव और उसके पिता सुयोजन यहाँ आये थे और दोनों आते ही पूरे घर में कुछ ढूंढने लगे , काफी देर ढूंढने के बाद भी जब उन दोनों को कुछ भी प्राप्त नहीं हुआ तब उन दोनों ने पूरे घर को अग्नि के हवाले कर दिया | और उस अग्नि में मेरा ये हश्र हो गया.| ये सुनकर वशिष्ठ के चेहरे से हवाइयां उड़ गयीं वह समझ गया था कि राघव अब पूरी तरह अग्नि रत्न को प्राप्त करने की कोशिश में लग चुका है...| अतः उसने अपने कर्त्तव्य को सर्वोपरि रखते हुए राघव को रोकने का फैसला लिया और.... अपनी पत्नी से कहा... "प्रिये , तुम तुरंत वैद्यराज के पास जाकर अपना उपचार कराओ समय आ गया है कि अब मैं अपने कर्तव्यपथ की ओर अपना कदम बढ़ाऊं | इतना कहकर वशिष्ठ राघव की खोज में निकल पड़ा... |

अपने पिता की बात सुनकर पार्थ ने कहा..... "हे पिताश्री! तो क्या हमारी माता को गुरु AUDRIC यानि राघव ने नुकसान पहुंचाया था... यदि ऐसा है तो आपने उनके साथ क्या किया.... ये सुनकर वशिष्ठ ने कहा....." हे पुत्र! ये कहानी सुनाने से पहले ही मैंने तुमसे कहा था कि पूरी बात को सुने बिना किसी भी निष्कर्ष तक मत पहुंच जाना ...| हर एक

बात के दो पहलू होते हैं.. परन्तु इस कहानी में हर एक पहलू के भी दो पहलू हैं..| यदि एक क्षण के लिए भी तुमने सुनने में ज़रा-सी भूल की तो तुम्हारे लिए हर एक पहलू का अर्थ अलग हो जायेगा और फिर तुम्हारे मन में जो प्रश्न उत्पन्न होंगे,उनका जवाब कोई नहीं दे पाएगा पुत्र कोई नहीं| इसलिए एकाग्र होकर मेरी बात सुनों...|

वशिष्ठ आगे की कहानी सुनाने ही वाला होता है कि तभी उस गुफा में एक ज़ोरदार कंपन्न होता है.. खतरा महसूस होते ही प्राक्षी और पार्थ अपने शक्ति रूप में आ जाते हैं... परन्तु वो दोनों कुछ करते उससे पूर्व ही वशिष्ठ उनसे कहते हैं.... "बच्चों ये कोई संकट नहीं है.. अपितु ये ऐलान है प्रकृति का, कि इस धरती पर फिर से संकट आने वाला है.. जिसे सतयुग में कुछ समय के लिए टाला गया था | प्रकृति भी अब चेतावनी देने लगी है कि यदि इस कन्या की शक्तियों को सही दिशा में न मोड़ा गया.... तो संसार की कोई भी शक्ति इस पृथ्वी का सर्वनाश होने से नहीं बचा सकेगी|" ये सुनकर वहां उपस्थित हर एक व्यक्ति स्तब्ध रह गया...| तभी प्राक्षी ने खुशी की तरफ देखा और उसके पैरों तले ज़मीन खिसक गयी... खुशी की आँखे अग्नि की ज्वाला के समान दहक रही थी ये देख कर प्राक्षी बहुत घबरा गयी और उसने तुरंत ये बात अपने पिता को बताई | प्राक्षी की बात सुनकर उसके पिता ने खुशी को अपनी गोद में उठाया और मन ही मन में एक मंत्रोच्चारण किया | उस मंत्रोच्चारण से वहां पर एक अद्भुत प्रकाश उत्पन्न हुआ और उस प्रकाश से निकले तेज ने ख़ुशी को सामान्य किया | ये देख कर पार्थ बहुत हैरान था क्यूंकि वह स्वयं एक अद्भुत शक्ति का स्वामी था परन्तु इस तरह की कोई भी शक्ति उसने आज तक नहीं देखी थी| पार्थ अपने पिता से कुछ भी पूछता उसके पहले ही उसके पिता ने कहा.... "संयम और प्रतीक्षा ही तुम्हारे सारे सवालों का जवाब दे पाएंगी...." इसके बाद उन्होंने कहानी को आगे सुनाना शुरू किया |

राघव की खोज करते हुए वशिष्ठ को काफी दिन बीत चुके थे परन्तु उन्हें कोई भी मार्ग प्राप्त नहीं हो रहा था.... इसलिए उन्होंने उस प्रकाश पुंज का स्मरण किया.... प्रकाश पुंज का स्मरण करते ही वो प्रकट हो गया |वशिष्ठ ने उस प्रकाश पुंज को प्रणाम किया और उनसे अपनी

समस्या के बारे में बताया...| वशिष्ठ की बात सुनकर वह प्रकाश पुंज बोले.... "हे पुत्र! मैं तुम्हारी पूरी तरह सहायता तो नहीं कर सकता परन्तु तुम्हें मार्ग अवश्य दिखा सकता हूँ, परन्तु उस मार्ग पर चल कर अपने लक्ष्य को प्राप्त करना तुम्हारी योग्यता और सामर्थ्य निर्धारित करेगा...| इतना कहकर वह प्रकाश पुंज गायब हो गया और अपने पीछे छोड़ गया एक पहेली

"पृथ्वी जहाँ समाप्त हो
सूर्य का हो जहाँ से उद्गम
शांति जहाँ का पर्याय है,है
जल का जो निर्गम..."

वशिष्ठ ने इस पहेली को बहुत ध्यान से कई बार पढ़ा और एक-एक शब्द का अर्थ समझने लगा...| परन्तु उसका ध्यान उस पहेली से ज्यादा राघव को जल्द से जल्द ढूंढने में केंद्रित था, इसी कारणवश वशिष्ठ जैसा महाज्ञानी भी उस पहेली का अर्थ नहीं ढूंढ पा रहा था....| अंततः वशिष्ठ ने उस पहेली को अपने पिता के पास ले जाने का निश्चय किया....| और बिना समय गवाएं वह तुरंत अपने पिता की ओर निकल पड़ा....| वशिष्ठ ने अपने पिता के पास पहुंचकर उन्हें वो पहेली सुनाई तो उसके पिता हंसने लगे और बोले "हे पुत्र! यदि तुमने अपना ध्यान क्षण भर के लिए भी केंद्रित किया होता तो तुम इस पहेली का अर्थ बहुत ही सरलता से समझ सकते थे...|

पृथ्वी का जहाँ पर अंत हो सूर्य का हो जहाँ से उद्गम... अर्थात एक ऐसा स्थान जहाँ पर पृथ्वी का भूतल अर्थात जीवन-यापन करने योग्य भूमि समाप्त हो जाती है... और जहाँ से सूर्य नारायण का उद्गम होता है अर्थात कोई पर्वत.... शक्ति जहाँ का पर्याय हो, हो जल का जहाँ से उद्गम... शक्ति और जल के उद्गम का अनूठा संगम इस पूरे संसार में केवल दो पर्वत श्रृंखलाओं पर ही उपस्थित है.. एक है पर्वतों में श्रेष्ठ हिमालय और दूसरा भगवान रूद्र का निवास स्थान कैलाश....| अतैव तुम्हारी मंजिल इन्ही दोनों पर्वतों में से किसी एक पर है...| परन्तु यदि उस प्रकाश पुंज ने तुम्हें इन दोनों पर्वतों का मार्ग दिखलाया है.. तो अवश्य इन दोनों पर ही तुम्हें कुछ ऐसा प्राप्त होगा जो तुम्हारे लक्ष्य की

प्राप्ति में सहायक बनेगा , परन्तु हे पुत्र स्मरण रहे.... इन दोनों मार्ग पर प्रकृति समय-समय पर तुम्हारी परीक्षा लेती रहेगी... परन्तु तुम्हें हर परीक्षा में सफल होकर अपने लक्ष्य को प्राप्त करना है...|अपने पिता की बात सुनकर वशिष्ठ ने कहा "अवश्य पिताश्री मैं आपकी प्रत्येक बात को अंत समय तक स्मरण रखूँगा| मुझे आशीर्वाद दीजिये की मैं अपना जीवन कार्य करने में सफल हो पाऊं| अपने पिता से आशीर्वाद प्राप्त करके वशिष्ठ ने हिमालय की ओर प्रस्थान किया |

5

Way To Himalaya

हिमालय भारत में स्थित एक प्राचीन पर्वत श्रृंखला है | हिमालय को पर्वतराज भी कहते हैं जिसका अर्थ है पर्वतों का राजा | कालिदास तो हिमालय को पृथ्वी का मानदंड मानते हैं। हिमालय की पर पर्वत श्रंखलाएँ शिवालिक कहलाती हैं। सदियों से हिमालय की कन्दकन्दराओं में मुनियों का वास रहा है, वो यहाँ समाधिस्थ हो कर तपस्या करते हैं| हिमालय आध्यात्म चेतना का ध्रुव केंद्र है | हिमालय अनेक रत्नों का जन्मदाता है| हिंदू धर्मावलम्बियों द्वारा वो भगवान शंकर का निवास और साधु संतों के साधना केंद्र के रूप में विख्यात है| गंगोत्री,यमुनोत्री,हरिद्वार,ऋषिकेश और केदारनाथ धाम तथा पशुपतिनाथ मंदिर एवं अन्य कई हिंदू धार्मिक तीर्थ भी हिमालय की गोद में स्थित है | हिमालय से न जाने कितनी ही नदियों की उत्पत्ति होती है... हिमालय माँ गंगा का उद्गम स्थान है... माँ गंगा , गंगोत्री नामक जगह से निकलती हैं...| हिमालय उन सारी जड़ी-बूटियों का भी उद्गम स्थान है,जो जीव मात्र के लिए अमृत के सामान हैं... | हिमालय में जाकर जिस शांति का अनुभव होता है... उसी शांति की आवश्यकता इस वक़्त प्राक्षी और पार्थ को थी, क्यूंकि उनके सामने कुछ ऐसा आने वाला था जिसके लिए वो दोनों ही बिलकुल तैयार नहीं थे...| जैसे-जैसे उनके पिता कहानी को आगे बढ़ाते जा रहे थे उसी के साथ-साथ प्राक्षी और पार्थ का मन तो अस्थिर हो ही रहा था परन्तु उसके साथ-साथ ख़ुशी

और AUSTIN दोनों के व्यव्हार में परिवर्तन आता जा रहा था ,और AUSTIN के व्यव्हार में आता परिवर्तन लगातार प्राक्षी को परेशान कर रहा था | इन सब को नज़रअंदाज़ करते हुए प्राक्षी अपने पिता की कहानी सुनने लगी...|

वशिष्ठ अब अपने पिता के कथनानुसार हिमालय की राह पर निकल पड़ा था... वह जल्द से जल्द वहां पर पहुंचना चाहता था..| क्यूंकि उसके लिए राघव और सुयोजन को रोकना बहुत आवश्यक था..| अभी वशिष्ठ ने कुछ ही कदम रखे थे उसके सामने एक चुनौती विशालकाय पर्वत श्रृंखला के समान खड़ी थी... | वशिष्ठ ने उस पर्वत श्रृंखला की ओर देखा और देख कर वह हैरान रह गया..| वह कोई साधारण शृंखला नहीं थी..| वह श्रृंखला लगातार अपना स्थान बदल रही थी...| उस श्रृंखला का आरम्भ ढूँढना असंभव था...| वशिष्ठ ने उस शृंखला को पार करने की बहुत कोशिश की परन्तु हर बार उसके हाथ असफलता ही लगी, तब उसे अपने पिता की बात याद आयी | उसके पिता ने उससे कहा था कि इस

सफर में प्रकृति कदम-कदम पर उसकी परीक्षा लेगी परन्तु उसे हमेशा अपने आप को उस परीक्षा में सफल करना है...| अपने पिता की बात याद आते ही वशिष्ठ के अंदर एक ऊर्जा का संचार हुआ... और उसने अपनी दोनों आँखें बंद करके उस प्रकाश पुंज को याद किया... | वशिष्ठ के याद करते ही वह प्रकाश पुंज प्रकट हुआ और बोला.... "हे वत्स! ये जो चुनौती तुम्हारे सामने इस समय उपस्थित है... इसका उपाय तुम पहले से जानते हो...| अतः अब समय आ गया है कि तुम खुद को और अपनी शक्तियों को जागृत करो...| कोई भी शक्ति के जागृत होने के लिए तुम्हारा जागृत होना अति आवश्यक है...| यदि तुम अब जागृत नहीं हुए तो जो चुनौती और सुच तुम्हारे सामने आने वाला है... तुम उससे अनभिज्ञ रहोगे...| इतना कहकर वह प्रकाश पुंज अदृश्य हो गया...| प्रकाश पुंज के जाते ही वशिष्ठ ने उस श्रृंखला को बहुत गौर से देखा और क्रोध में आकर उस श्रृंखला को ठोकर मारी...| वशिष्ठ के ऐसा करते ही वह पर्वत श्रृंखला चकनाचूर हो गयी...| वशिष्ठ अब अपने अंदर एक दिव्य शक्ति को महसूस कर सकता था...| वशिष्ठ बिना देरी किये अपने गन्तव्य की और बढ़ चला...|

अपने पिता से अब तक की कहानी सुनकर पार्थ बहुत प्रभावित हुआ....|वह कुछ कहना ही चाहता था कि तभी AUSTIN ने प्राक्षी पर प्रहार किया..| जिससे प्राक्षी और ख़ुशी दोनों ज़मीन पर गिर गए....| इस पर प्राक्षी को बहुत क्रोध आया और वह तुरंत अपने शक्ति रूप में आ गयी...और उसने AUSTIN पर जबरदस्त पलटवार किया... परन्तु आश्चर्य जिस प्राक्षी की शकितयों ने DRAVEN और ELRA जैसे ताक़तवर योद्धाओं को अकेले हरा दिया था वह प्राक्षी,AUSTIN को उसकी जगह से हिला भी नहीं पायी...| यह देखकर वशिष्ठ ने कहा.. "अग्नि को कोई हरा नहीं सकता...| अग्नि को केवल शांत किया जा सकता है... और इस समय इस महाशक्ति को शांत करने का एक ही उपाय है...| इसके ही समान महाशक्ति इसका सामना करे और इतना कहकर वशिष्ठ ने अद्विका और ख़ुशी को AUSTIN के सामने कर दिया, और ऐसा करते ही अग्नि का भीषण विस्फोट हुआ...और AUSTIN बहुत दूर जाकर गिरी....| परन्तु आश्चर्य की बात यह थी

कि खुशी और अद्विका उस विस्फोट में टस से मस नहीं हुए....| ये विस्फोट देख कर प्राक्षी को AUSTIN पर बहुत क्रोध आया और वह उसे मारने के लिए बढ़ी लेकिन वशिष्ठ ने उसे बीच में ही रोक लिया और कहा... "हे पुत्री! अपने क्रोध को शांत करो...| इस वक़्त तुम जिसको मारने जा रही हो उसको मारना तो दूर तुम और पार्थ मिलकर भी उस शक्ति का एक प्रहार नहीं रोक सकते...| तुम्हें AUSTIN को मारना नहीं बल्कि उसका धन्यवाद् देना चाहिए कि उसने उस शक्ति को अपने शरीर में बांधा हुआ है...|अन्यथा अब तक वो ख़ुशी के शरीर में प्रवेश कर चुकी होती...| और यदि इस समय इस शक्ति ने ख़ुशी के शरीर में प्रवेश किया,तो हम सब मिलकर भी इस संसार का अंत नहीं रोक पाएंगे अतः "जाओ और अपनी शक्तियों का प्रयोग करके एक ऐसा वातावरण बनाओ जिसमें AUSTIN हमारी कोई बात न सुन सके क्यूंकि ये कहानी उस शक्ति को जागृत ज़रूर करेगी जिसे AUSTIN ने अपने शरीर में समेटा हुआ है...|"अपने पिता की बात सुनकर प्राक्षी को बहुत पछतावा हुआ और उसने तुरंत अपनी शक्तियों से AUSTIN के सारे घाव भर दिए और उससे माफ़ी मांगी... |इसके बार प्राक्षी और पार्थ ने अपनी - अपनी शक्तियों अर्थात जल और अग्नि की शक्ति से AUSTIN के चारों तरफ एक ऐसा वातावरण बनाया जिसमें AUSTIN बाहर की लोगों की कोई आवाज़ नहीं सुन सकती थी...| परन्तु अपनी सहायता के लिए पुकार अवश्य लगा सकती थी...| इसके बाद वशिष्ठ ने कहानी को आगे बढ़ाया...|

सारी चुनौतियों को पार करके आख़िरकार वशिष्ठ हिमालय पर जा पहंचा...| हिमालय की शांति में वशिष्ठ को एक बहुत सकारात्मक ऊर्जा की अनुभूति हो रही थी...| वशिष्ठ ने हिमालय की पर्वत चोटी पर पहुंचकर वहां चारों तरफ देखा और अचानक उसकी नज़र पर्वत शिखर के नीचे एक चमकती हुई चीज़ पर गयी...|वशिष्ठ उस चीज़ को देखकर उसकी तरफ आकर्षित हुआ परन्तु चाहते हुए भी वह उस तक नहीं जा सकता था, क्यूंकि वह पर्वत की चोटी पर था और वह चमकती हुई चीज़ उसकी विपरीत दिशा में थी, परन्तु अब वशिष्ठ के पास उसकी शक्तियां

थी.. और उन्ही शक्तियों पर विश्वास करके वह उस वस्तु की तरफ बढ़ गया... और आश्चर्य.. वशिष्ठ को विश्वास नहीं हुआ ये देख कर कि वह हवा में उड़ सकता था... इस शक्ति से वह बिलकुल अनभिज्ञ था....| परन्तु अब उसे धीरे-धीरे समझ में आ रहा था की उस प्रकाश पुंज ने उसे इस विश्व का सबसे ताक़तवर मनुष्य बना दिया था...| परन्तु जल्द ही उसका ये भ्रम टूटने वाला था...|

वशिष्ठ उस चमकने वाली वस्तु के पास पहुंच गया था...| उसने उस वस्तु को प्रणाम किया और दोनों हाथ में उठाया....| वह एक मणि थी जिसकी आभा और रौशनी से पूरा हिमालय जगमगा रहा था ....| वशिष्ठ ने जैसे ही उस मणि को दोनों हाथ में उठाया तभी उस पूरे स्थान को अग्नि ने घेर लिया और यह कोई साधारण अग्नि नहीं थी..|इस अग्नि का रंग मूल अग्नि से अलग था वशिष्ठ ने तुरंत पलट कर देखा तो उसके सामने एक विशालकाय अग्नि रूपी मनुष्य आकृति खड़ी थी..| जिसमें से भीषण अग्नि पूरे हिमालय में फ़ैल चुकी थी...| उस अग्नि रूपी आकृति ने वशिष्ठ से कहा कि उस मणि को उसके हवाले कर दे...| इस पर वशिष्ठ ने कहा... "मैं नहीं जानता कि तुम कौन हो परन्तु तुम्हें ये मणि सौंपने

से पहले मैं इसके बारे में जान लेना चाहता हूँ ...|" ये सुनकर उस अग्नि रूपी आकृति ने कहा... "ये जो मणि तुम्हारे हाथ में है ये कोई साधारण मणि नहीं है ये जीवन मणि है...| इस मणि में असीमित शक्तियां हैं | जो किसी भी साधारण मनुष्य को एक महाशक्ति में बदल सकती हैं...| किसी भी घाव को क्षण भर में ठीक कर सकती है | किसी भी मृत शरीर में प्राण फूँक सकती है...|

उस मानव आकृति से ये सब सुनने के बाद वशिष्ठ ने कहा... "यदि मैं तुम्हें ये मणि दे दूंगा तो ये मानव जाति के लिए एक भयानक अभिशाप होगा..| ये मणि उन दिव्य रत्नों में से एक है जिसकी रक्षा करने का प्रण मैंने लिया है..| अतः मेरे होते हुए तुम इस मणि को हासिल नहीं कर सकते हो...|" इस पर उस मानव आकृति ने कहा... "यदि ऐसा है तो अब ये मणि तुम्हारी मृत्यु के पश्चात ही मुझे प्राप्त होगा...|" और इतना कहकर उस अग्नि रूपी आकृति ने वशिष्ठ पर प्रहार किया...| अग्नि की ऐसी शक्ति वशिष्ठ ने जीवन में पहली बार देखी थी...| उस पहले प्रहार से वशिष्ठ तो बच गया.. परन्तु जहाँ वो अग्नि गिरी वहां पर भूमि का नामोनिशान तक नहीं रहा...| वशिष्ठ और उस मानव आकृति के बीच

ये संघर्ष बहुत देर तक जारी रहा..| परन्तु वशिष्ठ के हाथ में वो जीवन मणि होने के कारण अग्नि के प्रहार वशिष्ठ पर कोई असर नहीं कर पा रहे थे...| प्रहारों से बचते बचते वशिष्ठ की शक्तियां क्षीण होने लगी और तभी उस मानव आकृति ने एक भयंकर प्रहार वशिष्ठ के हाथ पर किया और उसके हाथ से वो मणि गिर गयी...| जैसे ही वो मणि वशिष्ठ के हाथ से गिरी.. तभी उस मानव आकृति ने वशिष्ठ से कहा... "तुम्हारी ढाल अब टूट चुकी है.. इसलिए अब तुम मृत्यु के लिए सज्ज हो जाओ... और इतना कहकर उस आकृति ने वहां मौजूद सारी अग्नि को एक जगह इकठ्ठा किया... और वशिष्ठ की तरफ उस अग्नि का संधान किया कि तभी एक हाथ ने वशिष्ठ को पीछे की तरफ खींच लिया...|

6

The Mystery Of Raghav

समय कब किसकी तक़दीर और तस्वीर बदल दे ये कोई नहीं जानता ...| कुछ समय पहले तक वशिष्ठ एक साधारण-सा मनुष्य था परन्तु आज उसके सामने एक भयानक चुनौती दीवार बन कर खड़ी थी...| जिसका शायद उसके पास कोई जवाब नहीं था....| ठीक उसी प्रकार प्रत्येक मनुष्य के जीवन में एक न एक चुनौती ऐसी अवश्य आती है... जिसका हल निकालना उसके लिए बेहद ही कठिन हो जाता है...| परन्तु ये जीवन है..और जीवन प्रत्येक चुनौती को जीतने का ही नाम है...| अपने पिता से अब तक की कहानी सुनकर प्राक्षी और पार्थ को ये तो समझ आ गया था कि उनके साथ अब तक जो हुआ और आगे जो होने वाला है.. वह न तो किसी साधारण मनुष्य के साथ हो सकता है और न ही कोई साधारण मनुष्य उसे सहन कर सकता है..| वो दोनों अब इतना जान चुके थे कि उनके पिता एक दिव्य व्यक्ति हैं... परन्तु इन सब के बीच उनके सामने एक बड़ी समस्या AUSTIN के रूप में सामने थी..| जिसका उपाय उन्हें जल्द से जल्द ढूँढना था..| वशिष्ठ एक के बाद एक रहस्य प्राक्षी और पार्थ के सामने खोलते जा रहे थे.. और उनके द्वारा कही गयी हर एक बात AUSTIN के व्यवहार में एक अजीब-सा परिवर्तन लेकर आ रही थी...| इन सब को नज़रअंदाज़ करते हुए वशिष्ठ ने अपनी कहानी

आगे बढ़ाई....|

उस अग्नि रुपी मानव आकृति से युद्ध करते हुए वशिष्ठ के हाथ से वो जीवन मणि छूट गयी.. और इस मौके का फायदा उठाने के लिए उस मानव आकृति ने वशिष्ठ पर एक ज़ोरदार प्रहार किया...|.उस प्रहार में समाहित अग्नि वशिष्ठ को जला कर राख कर देती परन्तु उसे एक हाथ ने पीछे खींच लिया...| ये और कोई नहीं बल्कि राघव था..| वशिष्ठ हैरान था कि राघव ने उसे क्यों बचाया जबकि वशिष्ठ उसके मार्ग की सबसे बड़ी बाधा है... | इन सब के बीच राघव ने कहा..... "हम दोनों अपने बारे में बाद में सोचेंगे आओ पहले इस चुनौती से निपटा जाये...|" और इतना कहकर राघव ने उस मानव आकृति की तरफ जीवन मणि से प्रहार किया....| इससे उस मानव आकृति की अग्नि थोड़ी देर के लिए कमज़ोर पड़ गयी...| वशिष्ठ जो अब तक जीवन मणि का उपयोग केवल आत्मरक्षण के लिए कर रहा था, वह ये देखकर हैरान था कि राघव ने उस मणि का प्रयोग प्रहार करने के लिए कैसे किया जबकि उस मणि को सबसे पहले वशिष्ठ ने ढूंढा है...| परन्तु इससे पहले वो राघव से कुछ कह पता.... तभी सूर्यास्त हो गया... और जैसे ही सूर्यास्त हुआ ..राघव के चेहरे की हवाइयां उड़ गयीं...| और उसने वशिष्ठ से कहा... "संध्या होते ही आसुरी शक्तियां अपने चरम पर होती हैं...| इसलिए हमें जल्द से जल्द यहाँ से निकलना होगा.." राघव के इतना कहने की देर थी कि वह अग्नि रूपी मानव आकृति अग्नि से दहक उठी.. और उसके साथ-साथ पूरा हिमालय अग्नि की चादर से ढक गया...| अग्नि का ऐसा प्रचंड रूप देख कर वशिष्ठ और राघव दोनों घबरा गए... परन्तु अग्नि की भयानक और विनाशकारी शक्तियां देखकर राघव और वशिष्ठ ये समझ चुके थे कि ये कोई साधारण अग्नि नहीं है बल्कि ये उन पांच रत्नों में से एक अग्नि रत्न है...| परन्तु अब सबसे बड़ा सवाल यह था कि किसी मनुष्य ने अग्नि रत्न को कैसे प्राप्त किया , क्यूंकि कोई भी साधारण मनुष्य किसी भी रत्न और मणि को हाथ नहीं लगा सकता...|

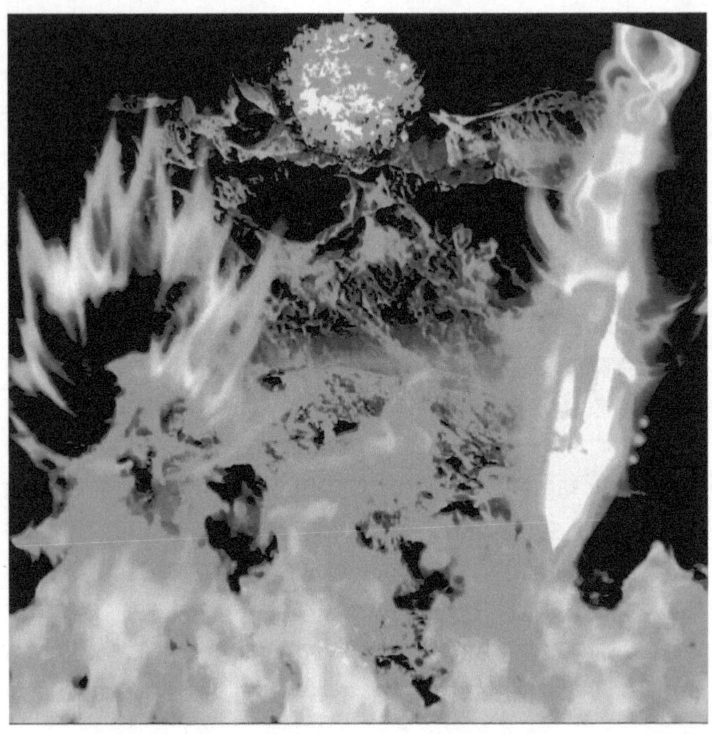

इन सब सवालों के बीच उस मानव आकृति ने वशिष्ठ और राघव पर फिर से प्रहार करने शुरू कर दिया... और इस बार अग्नि की शक्ति इतनी प्रचंड थी कि सम्पूर्ण हिमालय पर कोई भी वृक्ष , वनस्पति शेष नहीं बचे थे...| इतनी भयानक और विनाशकारी शक्तियों से बचना वशिष्ठ और राघव के लिए असंभव था... और रात्रि होने के कारण जीवन मणि की शक्तियाँ भी उनके किसी काम नहीं आ सकती थीं , क्यूंकि जीवन मणि की शक्तियाँ सूर्य से थीं... रात्रि में सूर्य का प्रकाश असंभव था...| वशिष्ठ और राघव अपने आप को असहाय महसूस कर रहे थे... परन्तु जैसे ही वह मानव आकृति उन दोनों की तरफ बढ़ी तभी पीछे से किसी स्त्री की आवाज़ आयी... "ठहरो"...|

वशिष्ठ इससे आगे की कहानी प्राक्षी और पार्थ को बताते उससे पहले ही AUSTIN ने बंधन तोड़ डाला...| उस बंधन के टूटने के कारण एक भयानक ऊर्जा का विस्तार हुआ... और वो ऊर्जा उस गुफा से निकल कर अंतरिक्ष में कहीं गुम हो गयी...| हर कोई उस ऊर्जा से आहत हुआ सिर्फ TORNEDO को छोड़ के...| परन्तु इस समय ये सब सोचने का किसी के पास वक़्त नहीं था..| क्यूंकि AUSTIN के रूप में एक महाशक्ति उन सब के सामने शत्रु बन कर खड़ी थी...| AUSTIN उस बंधन से मुक्त होते ही ख़ुशी की तरफ बढ़ी... परन्तु खुशी तक जाने से पहले उसे एक माँ की शक्ति का सामना करना बाकि था...| AUSTIN के सामने प्राक्षी एक दीवार बन कर खड़ी थी रात्रि का समय होने के कारण प्राक्षी के शरीर में मौजूद जीवन मणि भी उसका कोई साथ नहीं दे सकती थी... परन्तु फिर भी प्राक्षी ने खुशी और अदि्वका को अपने दोनों पंखो में संभाला और AUSTIN का सामना करने के लिए सज्ज हो गयी....| AUSTIN ने प्राक्षी पर प्रहार करना शुरू किया..| ये देख कर पार्थ और TORNEDO भी प्राक्षी की सहायता के लिए जाने लगे... परन्तु वशिष्ठ ने उन्हें रोका और कहा... "आज तक तुमने बहुत-सी शक्तियां देखी हैं.. DRAVEN जैसे महा योद्धा की शक्ति देखी ... जल की अपर शक्तियां देखी ... परन्तु अग्नि की जो शक्तियां तुमने DRAVEN और ECHO के लोगों में देखी... वो महज एक झांकी थी..| आज तुम अग्नि की महा विनाशक शक्ति का प्रत्यक्ष उदाहरण देखोगे...| आज तुम देखोगे कि कैसे अग्नि ही अग्नि को वश में करेगी| आज तुम देखोगे कैसे अग्नि ही अग्नि की शक्तियों का सामना करेगी ...| आज तक तुम सुनते आये हो की एक माँ हमेशा अपने बच्चों की रक्षा करती आयी है... परन्तु आज तुम देखोगे कि कैसे दो बेटियां आज अपनी माँ की ना सिर्फ रक्षा करेंगी बल्कि उसे एक महा शक्ति बना देंगी....|

उधर AUSTIN और प्राक्षी में युद्ध शुरू हो चुका था...| AUSTIN के प्रहार तीव्र होते जा रहे थे.. और उसके साथ उसका क्रोध भी...| परन्तु उसका कोई भी प्रहार प्राक्षी को तनिक भी हानि नहीं पंहुचा पा रहा था..

खुद प्राक्षी भी ये देखकर हैरान थी आखिर ये सब कैसे हो रहा है...| उसके बाद पार्थ और TORNEDO ने वो देखा जिसकी उन्होंने कल्पना भी नहीं की थी...| प्राक्षी के शरीर से उसी अग्नि का प्रवाह हो रहा था जिसका वशिष्ठ ने अपनी कहानी में वर्णन किया था.. और पार्थ ने देखा कि वह अग्नि और कहीं से नहीं बल्कि प्राक्षी के पंखों से आ रही थी....| जिसमें प्राक्षी ने दोनों बच्चियों को सुरक्षित रखा था..| AUSTIN के लाख प्रयास करने पर भी वह प्राक्षी की अग्नि का सामना नहीं कर पा रही थी...| जब युद्ध करते-करते AUSTIN की शक्तियाँ क्षीण होने लगी , तब प्राक्षी ने एक ज़ोरदार प्रहार के साथ AUSTIN को भूमि पर गिरा दिया, औरउसका वध करने के लिए आगे बढ़ी... तभी वशिष्ठ ने उसे ऐसा करने से रोक दिया और कहा... "रुक जाओ पुत्री...कहीं ऐसा ना हो कि तुम्हें अपने किये पर बाद में पछताना पड़े..| इसलिए किसी भी निर्णय पर पहुँचने से पहले... इस कहानी का अंत सुनना तुम सब के लिए अनिवार्य है...|" और इतना कहकर वशिष्ठ ने AUSTIN को फिर से एक बंधन के हवाले कर दिया और अपनी कहानी को आगे बढ़ाया....|

जैसे ही वशिष्ठ और राघव ने पलट कर देखा उनके सामने ख़ुशी खड़ी थी...| ये देखकर वो दोनों हैरान हो गए कि ख़ुशी यहाँ तक कैसे आयी... परन्तु उससे भी ज्यादा चौंकाने वाली बात ये थी कि ख़ुशी के कहने मात्र से वह अग्नि रूपी मानव आकृति शांत होने लगी... और देखते ही देखते वहां मौजूद सारी अग्नि शांत होकर गायब हो गयी....| ये देखकर वशिष्ठ और राघव हक्के-बक्के रह गए.... | ये देखकर वशिष्ठ ने ख़ुशी से कहा.. "प्रिये! तुम यहाँ तक कैसे आयी... और तुम्हारे कहने मात्र से ये अग्नि रूपी आकृति शांत क्यों हो गयी?" वशिष्ठ के ऐसा पूछने पर खुशी ने कहा... "मुझसे पिताश्री ने कहा कि केवल मैं ही आप लोगों की सहायता

कर सकती हूँ | इसीलिए उन्होंने मुझे यहाँ भेजा है... परन्तु ये अग्नि आकृति मुझे देखकर शांत क्यों हो गयी ये मैं नहीं जानती हूँ..|" खुशी का उत्तर सुनकर वशिष्ठ संतुष्ट हो गए..और बोले.... " हिमालय पर हमें जो मिलना था वह हमें मिल चुका है | ये जीवन मणि ही उन मणियों में से एक है जो जीव कल्याण के लिए अवतरित हुई है...| इसीलिए अब बिना देर किये हमें कैलाश की ओर जाना होगा....|" वशिष्ठ और ख़ुशी अपनी बात पूरी करके जैसे ही पीछे मुड़े तो वशिष्ठ ने पाया कि राघव वहाँ नहीं था...| वशिष्ठ ने राघव को पूरे हिमायल पर ढूंढा परन्तु कहीं भी उसका कोई नामो- निशान तक नहीं मिला...|वशिष्ठ इस बात से हैरान था कि आखिर राघव एकदम समय पर उसकी सहायता करने कैसे आ गया और... इतनी शीघ्रता से इतने विशाल हिमालय शिखर से वह गायब कैसे हो गया....| इन सब सवालों के बीच वशिष्ठ ने खुशी के साथ कैलाश की ओर अपने कदम बढ़ाए....

7

Way to Kailash

कैलाश पर्वत का भारत के पौराणिक धर्म ग्रंथों में काफी खास स्थान है। इस स्थान का भगवान शिव के साथ काफी खास संबंध है। धार्मिक ग्रंथों के अनुसार कैलाश पर्वत को भगवान शिव का निवास स्थान बताया जाता है। इसी वजह से हर साल कई श्रद्धालु इस पवित्र जगह पर भगवान का दर्शन करने के लिए आते हैं। कुछ मान्यताएं तो ये तक कहती हैं कि भगवान शिव आज भी इस पर्वत पर अपने परिवार के साथ रहते हैं। इस पर्वत को स्वर्ग की सीढ़ी भी कहा जाता है।कैलाश पर समुद्र तल से लगभग 22 जहर फीट ऊंचा है और हिमालय के उत्तरी क्षेत्र तिब्बत में स्थित है। चूंकि तिब्बत चीन के अधीन है इसलिए कैलाश पर्वत चीन में आता है।पर्वत की पवित्रता को भंग करने और वहां रहने वाली दिव्य ऊर्जाओं को परेशान करने के डर से हिंदुओं के बीच कैलाश पर्वत की चोटी तक ट्रेकिंग को एक निषिद्ध कार्य माना जाता है।

इसकी गिनती दुनिया के सबसे कठिन पर्वत श्रृंखलाओं में की जाती है। ये तिब्बत पठार से करीब 22,000 फीट की दूरी पर स्थित है। इस वजह से चढ़ाई के लिए इस स्थान को काफी दुर्गम कहा जाता है। तिब्बत में स्थित कैलाश पर्वत के ऊपर अब तक कोई चढ़ने में कामयाब नहीं हुआ है। कई वैज्ञानिकों ने अपने अध्ययन में पाया है कि इस जगह पर एक अलौकिक ऊर्जा का प्रवाह है। इसी वजह से कई तपस्वी इस पवित्र स्थान पर आध्यात्मिक क्रियाएं करते हैं, ताकि उनको समाधि का

अनुभव मिल सके। यही नहीं कैलाश पर्वत की आकृति भी एक रहस्य का विषय है। इस पर्वत का आकार एक पिरामिड की तरह दिखता है। कहा जाता है कि कैलाश पर्वत धरती का केंद्र बिंदु है। कई लोग इस जगह को भौगोलिक ध्रुव मानते हैं। लोगों का कहना है कि कैलाश मानसरोवर के आसपास डमरू और ओम के उच्चारण की ध्वनि सुनाई देती है। मान्यता है कि ऐसा भगवान शिव के निवास स्थान होने की वजह से होता है। हालांकि अब तक इसके रहस्य से पर्दा नहीं उठ पाया है।

वशिष्ठ और खुशी दोनों कैलाश पर पहुँच चुके थे...| कैलाश पर एक बेहद ही शांत और सुकून भरा सुहाना वातावरण था...| कैलाश पर पहुंचने के बाद वशिष्ठ ने खुशी से कहा... "प्रिये! तुम यहीं पर प्रतीक्षा करो...| मैं अपना कार्य समाप्त करने के बाद तुमसे यहीं मिलूंगा....| मैं नहीं जानता कि इस काम में कितना खतरा है..| इसलिए मेरी तुमसे गुजारिश है कि तुम यहीं पर मेरी प्रतीक्षा करो.." और इतना कहकर वशिष्ठ ख़ुशी को वहीँ छोड़कर आगे बढ़ गया...| कैलाश पर यहाँ वहाँ ढूंढते हुए वशिष्ठ को दिखाई दी एक गुफा जिसका मुख्य द्वार शायद पत्थरों से ढक चुका था..| परन्तु उसके अंदर से फिर भी प्रकाश की किरणे आ रही थी...| मानो अंदर किसी ने कोई मशाल जला रखी हो...| ये देखकर वशिष्ठ उस गुफा

में प्रवेश करने के लिए आगे बढे....| उस गुफा के प्रवेश द्वार पर पहुंचने के बाद वशिष्ठ ने अपनी शक्तियों की मदद से उस गुफा के पत्थरों को किसी तिनके की भांति वहाँ से हटा दिया...| अंदर जाने पर वशिष्ठ ने देखा कि एक मशाल से गुफा के अंदर उजाला हो रहा है...| उसने गुफा में चारो तरफ देखा और उसने पाया कि गुफा के अंदर एक मनुष्य भूमि पर पड़ा है...| वशिष्ठ उस मनुष्य की तरफ दौड़ा और उसने जो देखा उसके पैरों तले जमीन खिसक गयी...|

उसके सामने और कोई नहीं बल्कि उसके पिता मूर्छित पड़े हुए थे..| ये देख कर वशिष्ठ बहुत घबरा गया और ...यहाँ वहाँ जल की तलाश में घूमने लगा...| वशिष्ठ की समझ में कुछ नहीं आ रहा था.. अपने पिता को इस हालत में देखकर वह मानसिक रूप से आहत हुआ था और इसी कारण से वह कुछ नहीं समझ पा रहा था...| उसकी आँखों से आंसू उसकी इज़ाज़त के बिना ही निरंतर बहे जा रहे थे और बहुत देर ढूंढते-ढूंढते उसे आखिर जल से भरा एक कलश दिखाई दिया....| दिखने में वो जल बहुत पुराना प्रतीत हो रहा था... परन्तु वशिष्ठ के पास कोई चारा नहीं था उसने उसी जल को अपने पिता के ऊपर छिड़का और तब उसके पिता ने अपनी आँखे खोली....| अपने पुत्र को अपने समीप देखकर वशिष्ठ के पिता ने उसे गले से लगा लिया और फूट-फूट कर रोने लगे... और फिर उन्होंने वशिष्ठ से पूछा...` "हे पुत्र! तुम यहाँ पर कैसे आये.." इस सवाल ने वशिष्ठ को और भी ज्यादा हैरान कर दिया... और उसने अपने पिता से कहा.. "हे पिताश्री मैं यहाँ आप ही के कहने पर तो आया था...|आप ही ने मुझे उस पहेली का जवाब बताते हुए हिमालय और कैलाश जाने का मार्ग दिखाया था...|" ये सुनकर वशिष्ठ के पिता आश्चर्य में पड़ गए और बोले... "नहीं वत्स मैंने तुम्हें ऐसा कोई मार्ग नहीं दिखाया.... मैं तुम्हें कुछ भी कैसे बता सकता हूँ क्यूंकि मैं खुद यहाँ बरसों से कैद में हूँ... इस गुफा के अंदर न मेरी सिद्धियां काम करती हैं.. और न ही मेरी कोई भी विद्या... यहाँ से बाहर जाने का केवल ये एक ही मार्ग है जो की पत्थरों द्वारा बंद कर दिया गया है... तुम्हारी बातों ने मुझे बहुत असमंजस में डाल दिया है... इसलिए तुम मुझे जल्द से जल्द इस गुफा से बाहर ले चलो ताकि मैं वास्तविकता का पता लगा सकूँ...|"

अपने पिता का आदेश पाकर वशिष्ठ अपने पिता को गुफा के बाहर ले गये... गुफा के बाहर जाकर उसके पिता चौंक गए... उनको उनकी आँखों पर भरोसा नहीं हो रहा था... और इसीलिए उन्होंने वशिष्ठ से कहा... "हे पुत्र! हम जिस जगह पर खड़े हैं...क्या वास्तविकता में ये इतना ही शांत और सरल है..? अपने पिता का सवाल सुनकर वशिष्ठ ने कहा... “हे पिताश्री आपकी बातें सुनकर इस वक़्त मैं किसी भी सवाल का जवाब देने में असमर्थ हूँ..| इसलिए कृपया आप ही इस पहेली को सुलझाइये ...” अपने पुत्र को इतना व्याकुल देख कर वशिष्ठ के पिता ने उससे कहा... “हे पुत्र जिस संसार को अब तक अपना मान कर तुम कर्म कर रहे थे.... वास्तविकता में ये पूरा संसार एक भ्रम है... जो तुम देख रहे हो ये पूरा संसार झूठा और काल्पनिक है...| तुम्हें वास्तविकता ही देखनी है न... तो मैं तुम्हें वास्तविकता से परिचित करता हूँ..| और ऐसा कहकर वशिष्ठ के पिता ध्यान मुद्रा में बैठ गये और वशिष्ठ से भी आँखे बंद करके ध्यान करने के लिए कहा....| कुछ देर मंत्रोच्चारण करने के बाद वशिष्ठ के पिता ने उससे आँखें खोलने के लिए कहा... जैसे ही वशिष्ठ ने अपनी आँखे खोली... वह देखकर वशिष्ठ दंग रह गया... उसके सामने कोई जीवन नहीं था... न कोई वृक्ष था न कोई पशु,न ही कोई पक्षी... थी तो हर तरफ केवल अग्नि ही अग्नि.. अग्नि के अलावा उस संसार में कुछ भी शेष नहीं बचा था.... ये देखकर वशिष्ठ ने अपने पिता से कहा.... “हे पिताश्री.. ये सब?”

उसके बाद उसके पिता ने उससे कहा.. “हे पुत्र यही वास्तविकता है... और यदि तुम इसके पीछे की सच्चाई जानना चाहते हो तो सुनो... मैं तुम्हें बताता हूँ.. परन्तु इससे पहले तुम मुझसे ये वादा करो कि तुम अपनी आखिरी सांस तक इस धरती की रक्षा के लिए प्रतिबद्ध रहोगे.....|” इसके बाद उसके पिता ने अपनी बात आगे बढ़ाई ....|

जब राघव और वशिष्ठ कई वर्षों तक तपस्या में लीन रहे... उस बीच ऐसा कुछ हुआ जिससे वशिष्ठ अभी तक अनजान थे... वशिष्ट और राघव के तपस्या करने जाने के कुछ दिन बाद से ही राघव की पत्नी जिसका नाम सुलोचना था...निरंतर रूप से वशिष्ट के घर जाने लगी...| उसकी और ख़ुशी की दोस्ती बहुत गहरी हो चुकी थी...वो दोनों रोज़

नियमित रूप से मिलने लगे... और जिस दिन राघव और वशिष्ट के तप की ऊर्जा से ZORN की उत्पत्ति हुई उसी दिन वो अग्नि रत्न भी जागृत हो उठा...| वो अग्नि रत्न किसी एक जगह संरक्षित नहीं था क्यूंकि अग्नि को कोई भी एक जगह संभाल कर नहीं रख सकता....|अग्नि रत्न को केवल वही मनुष्य वश में कर सकता था जिसके पास शक्ति हो सिद्धियों की और जो युवा हो , क्यूंकि अग्नि बहुत विनाशक होती है किसी वृद्ध या बालक का शरीर उसे सहन नहीं कर सकता और पूरे भूमण्डल पर ये शक्तियां सिर्फ ख़ुशी के पास थीं... और इसीलिए उस अग्नि रत्न ने ख़ुशी को अपनी तरफ आकर्षित किया...| उस अग्नि रत्न का केंद्र बिंदु कैलाश पर्वत था ,और ख़ुशी बिना कुछ सोचे समझे मध्य रात्रि को ही उस अग्नि रत्न की तरफ सम्मोहित होकर उसे प्राप्त करने के लिए निकल पड़ी | कैलाश पर पहुंचने के बाद खुशी ने उस अग्नि रत्न को अपने हाथ में उठाने की कोशिश की और उसके ऐसा करते ही.. उस रत्न ने खुशी के शरीर में अपना स्थान बना लिया...| इन सभी रत्नों की एक ही ख़ामी थी,कि यदि इन्हें प्रयोग करने वाले मनुष्य ने इन पर काबू प्राप्त नहीं किया तो ये रत्न उस मनुष्य शरीर को अपने वश में कर लेंगे...| और हुआ भी कुछ ऐसा ही खुशी के अंदर की महत्वाकांक्षा ने उस रत्न को मौका दे दिया खुशी के शरीर को अपने वश में करने का ... और उस अग्नि रत्न ने ख़ुशी के शरीर को समाप्त कर दिया...| अब ख़ुशी कोई मनुष्य नहीं थी वह बस एक अग्नि रूपी मनुष्य आकृति थी.. जिसके पास सिर्फ ख़ुशी का चेहरा था..|

अब उसका सिर्फ एक ही मकसद था.. अग्नि की शक्तियों का पूरे विश्व को परिचय देना.. और हुआ भी कुछ ऐसा ही... अग्नि रत्न ने अपनी शक्ति दिखाना शुरू कर दिया...| चारों तरफ विनाश ही विनाश फ़ैल गया.. प्रत्येक चीज़ जो ख़ुशी के रास्ते में आयी उसने सबको जला कर राख कर दिया....| अग्नि का ऐसा भयानक रूप संसार ने पहली बार देखा था |...उस समय वशिष्ठ के पिता साधना में लीन थे और और तभी उन्हें आभास संसार में चारों तरफ त्राहि-त्राहि फैली हुई है...| तब उन्होंने सिद्धियों से देखा कि ये तबाही और किसी ने नहीं बल्कि स्वयं ख़ुशी ने ही मचा रखी है...| ये देखकर उनके पैरों तले जमीन खिसक गयी और

उसी समय उन्होंने ख़ुशी को रोकने का निर्णय लिया | वशिष्ठ के पिता ने तुरंत यह बात जाकर सुयोजन से बताई... और उनकी बात सुनकर सुयोजन भय से कांपने लगा...| तब वशिष्ठ के पिता ने कहा... "ख़ुशी और सुलोचना बहुत अच्छी मित्र हैं.. शायद वो खुशी को सही मार्ग पर लाने में सहायक बने...|" वशिष्ठ के पिता की बात सुयोजन को जंच गयी और वो दोनों सुलोचना को अपने साथ लेकर खुशी का सामना करने निकल पड़े... परन्तु सुयोजन वहाँ ख़ुशी को शांत करने नहीं बल्कि वो जा रहा था उस अग्नि रत्न को प्राप्त करने....|

आखिरकार वो तीनों कैलाश पर जा पहुंचे जहाँ पर ख़ुशी को वो अग्नि रत्न प्राप्त हुआ था...वहां पहुँच कर वशिष्ट के पिता ने अग्नि का आवाहन किया... वो एक सिद्ध पुरुष थे जिनके पास सिद्धियों की शक्ति थी परन्तु वृद्ध होने के कारण उनका शरीर दुर्बल हो चुका था....| और शायद यही कारण है कि अग्नि रत्न ने उन्हें छोड़ कर खुशी को अपनी तरफ आकर्षित किया....| उनके एक आवाहन पर ख़ुशी यानि कि वह अग्नि रत्न वहाँ प्रकट हो गया....| ख़ुशी के प्रकट होते ही सुयोजन उस अग्नि रत्न को प्राप्त की इच्छा से आगे बढ़ा... परन्तु आज ख़ुशी को कोई भी नहीं रोक सकता था... उसी क्षण खुशी ने सुयोजन को जला कर वहीं भस्म कर दिया...| ये भयानक नज़ारा देख कर सुलोचना वहीं बेहोश हो गयी...| ये देख आकर वशिष्ठ के पिता को बहुत क्रोध आया और उन्होंने ख़ुशी को युद्ध का आवाहन दिया...| ख़ुशी और वशिष्ठ के पिता के बीच युद्ध छिड़ गया.. परन्तु वशिष्ठ के पिता इस युद्ध का परिणाम जानते थे..| उनकी सिद्धियों के कारण ख़ुशी उनको वश में नहीं कर सकती थी परन्तु वो उसे रोक नहीं सकते थे...| खुशी और वशिष्ठ के पिता के बीच ये युद्ध ज्यादा देर तक नहीं चला और खुशी ने उनको एक गुफा के अंदर बंदी बना लिया...| वशिष्ठ के पिता खुशी से जीत तो नहीं पाए.. परन्तु उन्होंने अपनी सिद्धियों के बल पर ख़ुशी की शक्तियों को पृथ्वी पर सीमित कर दिया...| अर्थात ख़ुशी अब पृथ्वी पर अपना साम्राज्य नहीं बना सकती थी... परन्तु वो एक महाशक्ति थी... उसने तुरंत अंतरिक्ष का रुख लिया और अंतरिक्ष में कहीं गायब हो गयी...|

ये सब सुनकर वशिष्ठ ने अपने पिता से कहा... "यदि खुशी यहां से चली गयी थी तो ये सब किसने किया... इस संसार को भ्रम में किसने डाला ...."ये सुनकर वशिष्ठ के पिता मुस्कुराये और बोले..." खुशी तो चली गयी... परन्तु...उसका एक मोहरा यहीं था....जिसने ये सारा खेल रचा.. और वो थी "सुलोचना" ....|

8

The Cruel Reality

समय एक ऐसी चीज़ है जो शायद किसी के लिए नहीं रूकती....| समय एक ऐसा सच है जिससे कोई नहीं मुकर सकता... परन्तु क्या हो अगर कोई आपका समय ही अपने हिसाब से बदल दे...? क्या हो अगर आपका पता चले कि जिस दुनिया में आप जी रहे हैं...? जिस दुनिया में आप परिश्रम कर रहे हैं... वो पूरी दुनिया एक झूठ है...| वास्तविकता से उसका कोई लेना-देना नहीं है...| आपके द्वारा देखी गयी हर एक चीज़ काल्पनिक है....| यकीन करना मुश्किल है पर ये सच है कि वशिष्ठ के साथ बिलकुल ऐसा ही हुआ....| आज तक जिस संसार को वो वास्तविक मान कर कर्म किये जा रहा था वो संसार एक धोखा था... परन्तु क्या इससे वशिष्ट के किये हुए कर्म विफल हो जायेंगे...? क्या उसने इतने वर्षों में जो साधना की , जो तप किया..उन रत्नों की रक्षा करने का जो प्रण लिया वो सब इस एक सच से व्यर्थ हो जायेगा...? .किसी भी घटना का अंत वास्तव में उसके आरम्भ से निर्धारित हो जाता है... आम के वृक्ष पर बबूल के कांटे नहीं आते कभी..| ठीक उसी प्रकार इस घटनाक्रम में भी वशिष्ठ के किये हुए कर्म इस संसार के वास्तविक होने या न होने पर निर्धारित नहीं हैं... परन्तु हर बढ़ता हुआ कदम वशिष्ठ के साथ-साथ प्राक्षी और पार्थ के जीवन में भी एक नया अध्याय खोलता जा रहा था...| वशिष्ठ के पिता ने अपनी सिद्धियों की शक्ति से उसे आगे की कहानी बताना शुरू किया....|

ख़ुशी स्वयं तो अंतरिक्ष में चली गयी थी परन्तु अभी भी पृथ्वी पर कुछ था जो उसे चाहिए था... और वह था वशिष्ठ को उसके तप से मिलने वाला ज्ञान...और सबसे ज़रूरी स्थिरता मणि | जिसकी मदद से ख़ुशी उन सभी रत्नों को प्राप्त करना चाहती थी... खासकर जल को... क्यूंकि जल ही एक ऐसा रत्न था जो ख़ुशी के शरीर में मौजूद उस अग्नि रत्न को शांत कर सकता था...| और इसलिए ख़ुशी ने सुलोचना को अपने वश में किया...ताकि उससे वो सब करा सके जो वो करना चाहती है... और अगर ख़ुशी सफल हो गयी..तो इस पूरे संसार में केवल एक ही महाशक्ति रह जायेगी और वो होगी ख़ुशी..| ख़ुशी,सुलोचना को वो सारी शक्तियां प्रदान कर रही थी जिसकी उसे आवश्यकता थी.. और उन्ही शक्तियों की मदद से सुलोचना ने एक काल्पनिक संसार का निर्माण किया... जो कि एकदम वास्तविक लगता था...| जब वशिष्ठ को वो शक्तियां मिल गयीं,तब राघव उसे मारना चाहता था परन्तु उस समय वो सुलोचना ही थी जिसने सुयोजन का भ्रमित शरीर भेज कर वशिष्ठ को बचाया,क्यूंकि ख़ुशी जो चाहती थी वो केवल वशिष्ठ ही दे सकता था...| उसके बाद जब वशिष्ठ अपने घर पहुंचा तो जिसे ख़ुशी मान कर वह डर गया था असल में वो सुलोचना थी... और घर में वो अग्नि किसी दुर्घटनावश नहीं लगी थी.. बल्कि वो अग्नि सुलोचना ने जान-बूझ कर लगाई थी... ताकि वशिष्ठ राघव की खोज में हिमालय जाये...| वहीं दूसरी तरफ सुयोजन का भ्रमित शरीर पहले ही राघव को हिमालय ले जा चुका था...| ख़ुशी जानती थी कि जीवन मणि हिमालय में ही उपस्थित है.. परन्तु वह ये भी जानती थी कि केवल वशिष्ठ और उसके पिता ही उस जीवन मणि को उठा सकते थे...| इसलिए उसने ये पूरा षड़यंत्र रचा जिसमें उसने वशिष्ठ के पिता के भ्रमित शरीर की भी सहायता ली और वशिष्ठ को हिमालय पर भेज दिया...| वह अपनी योजना में सफल भी हो जाती.. यदि उचित समय पर राघव वशिष्ठ की सहायता नहीं करता....|

ये सब सुनकर वशिष्ठ ने अपने पिता से कहा.. “हे पिताश्री दो बातें हैं जो मुझे अभी तक समझ नहीं आ रही हैं...राघव ने मेरी जान बचाई परन्तु क्यों... क्या राघव सच्चाई जान चुका था और यदि वह जान चुका था तो उस दिन वह गायब कहाँ हो गया...? और दूसरा ये कि ख़ुशी ने

मुझे हिमालय पर जीवन मणि के लिए भेजा... परन्तु आखिर उसने मुझे कैलाश पर क्यों भेजा जबकि वह जानती थी यहाँ मैं आपको ढूंढ सकता हूँ...” ये सुनकर वशिष्ठ के पिता ने कहा... “हे पुत्र वह एक बहुत ही चालक स्त्री है उसके किये हुए हर एक कार्य के पीछे एक मकसद होता है... और रही बात राघव की तो वह उसी दिन सब कुछ जान चुका था जिस दिन सुयोजन की मृत्यु हुई थी... राघव और सुयोजन की ज्ञानेन्द्रियाँ एक दूसरे से जुडी हुई थीं...| यदि वो दोनों एक साथ होते और इन रत्नों को प्राप्त कर लेते तो शायद खुशी से भी भयानक सिद्ध होते...| और यदि ख़ुशी ने कुछ सोचा है तो अवश्य उसके पीछे कोई बहुत बड़ा कारण होगा... और रही बात तुम्हें कैलाश भेजने की तो कैलाश पर वो चीज़ उपस्थित है जिसकी इस समय सबसे ज्यादा ज़रूरत ख़ुशी को ही है... और वह है... **स्थिरता** मणि...| ख़ुशी को स्थिरता मणि चाहिए जिसकी सहायता से वो अपनी शक्तियों को स्थिर कर सकती है... और तब वो किसी मानव शरीर का सहारा लेकर हमेशा-हमेशा के लिए अमर बन जाएगी...| और रही बात राघव के गायब होने की तो राघव भी अब खुशी का दास बन चुका है... उस दिन जब ख़ुशी का भ्रमित शरीर वहाँ पर आया और उस अग्नि को शांत किया...| तब राघव उस शरीर को देख कर वहां से भाग निकला परन्तु..जीवन मणि से दूर भागना उसके लिए हानिकारक सिद्ध हुआ..| क्यूंकि केवल जीवन मणि ही थी जो उसके प्राणो का रक्षण कर सकती थी... उस दिन सुलोचना ने राघव की हत्या कर दी...| परन्तु राघव के शरीर की शक्ति,उसकी आत्मा इस वक़्त ख़ुशी की गिरफ्त में है.. वह राघव की आत्मा को एक नया जन्म देने जा रही है.. और यदि ऐसा हुआ तो उसके पास एक ऐसा बुद्धिमान व्यक्ति होगा... जो इस पृथ्वी के सारे रत्नों का पता लगा सकता है...| इसलिए अब बिना देर किये हमें युद्ध के लिए सज्ज होना होगा...|"

इसके बाद वशिष्ठ ने अपने पिता से कहा... “हे पिताश्री फिर हमें सबसे पहले स्थिरता मणि को ढूँढना होगा... ताकि खुशी और उसके लोग उस मणि को हासिल न कर पाएं...” ये सुनकर उसके पिता ने कहा... “हे वत्स! इस युद्ध में स्थिरता मणि तुम्हारा सबसे उपयोगी शस्त्र साबित होगी... जाओ और इस पृथ्वी को अग्नि की विनाशकारी

शक्तियों से भयमुक्त करो..." और ऐसा कहकर वशिष्ठ के पिता ने उसे तीन मोती दिए और कहा... "इन मोतियों की आवश्यकता शायद तुम्हें अपनी मंजिल में पड़ेगी ...| इसलिए इन्हें संभाल कर रखना.. जाओ उस पर्वत के शिखर पर एक मोरपंखी द्वार हैं वहीं तुम्हें स्थिरता मणि प्राप्त होगी |" वशिष्ठ अपने पिता का आशीर्वाद प्राप्त करके कैलाश पर्वत के शिखर की ओर निकल चला...|

पर्वत के शिखर पर पहुँचने के बाद वो मोरपंखी द्वार को वशिष्ठ को दिखाई दिया... उस द्वार में प्रवेश करने के बाद वशिष्ठ को तीन मार्ग दिखाई दिए वशिष्ठ उन तीन मार्गों को देखकर असमंसजस में पड़ गया क्यूंकि वो तीनों मार्ग देखने में एक जैसे थे...| अर्थात उन तीनों मार्गों में से एक मार्ग ही वशिष्ठ को स्थिरता मणि दिला सकता था... वशिष्ठ को कुछ समझ में नहीं आ रहा था....| तभी उसे ध्यान आया कि उसके पिता ने उसे तीन मोती दिए थे... जैसे ही वशिष्ठ ने वो मोती अपने हाथ में लिए.... वो मोती सीधे भूमि पर जा गिरे....| वशिष्ठ ने देखा कि उनमे से हर एक मोती पर जल का चिन्ह है...| परन्तु केवल एक मोती पर अग्नि का चिन्ह है... तो जिस द्वार के सामने वो मोती गिरा था.... वशिष्ठ ने उसी द्वार में जाने का निश्चय किया....| और उस द्वार में प्रवेश करने के बाद वशिष्ठ को वो प्राप्त हुआ जिसकी उसे सर्वाधिक आवश्यकता थी... स्थिरता मणि...|

स्थिरता मणि प्राप्त करने के बाद वशिष्ठ अपने पिता के पास लौटा और उनसे कहा.. "हे पिताश्री! कृपया अब मुझे आगे का मार्ग दिखाईये..." ये सुनकर उसके पिता ने कहा... "हे पुत्र! अब तुम्हारे पास स्थिरता मणि है | तुम्हारा मन और शक्तियाँ अब स्थिर हैं...| अब तुम अपने मन की गति से अपने शरीर को चला सकते हो..| जहाँ चाहे वहाँ जा सकते हो....| परन्तु केवल इतना स्मरण रहे... जिस दुनिया में तुम जा रहे हो.... वहाँ तुम्हें मनुष्य के भेष में बहुत लोग मिलेंगे,परन्तु उनमे से कोई भी मनुष्य नहीं होगा...| उस दुनिया में यदि तुम्हारा विश्वास ज़रा भी डगमगाया तो तुम हमेशा के लिए वहीं के होकर रह जाओगे...|" अपने पिता की बात सुनकर वशिष्ठ ने कहा... "आप चिंता ना करें पिताश्री,मैं आपके कहे गए एक-एक कथन को स्मरण रखूँगा और आपके आशीर्वाद से सफल होकर इस पृथ्वी की रक्षा करूँगा... अब आप मुझे प्रस्थान करने की अनुमति प्रदान करें.." इतना कहकर वशिष्ठ आकाश मार्ग से प्रस्थान कर गया.....

9

The Story Of ECHO

झूठ और सच के बीच एक बहुत ही महीन-सी दीवार होती है... और अगर वह दीवार ही टूट जाये जो मनुष्य के लिए अपनी पहचान पाना बहुत ही मुश्किल हो जाता कि क्या सच है और क्या झूठ...? और यदि किसी मनुष्य के जीवन में ऐसा कोई मोड़ आ जाये.... तो वह उसके जीवन का सबसे कठिन क्षण होता है...| प्राक्षी और पार्थ की बात तो छोड़िये वशिष्ठ के जीवन में जितने मोड़ आये हैं उनको सुनकर प्राक्षी और पार्थ को भी अपने जीवन में हुई घटनाएं तुच्छ लगने लगीं..| लेकिन सच तो यह है कि उन दोनों की ज़िन्दगी एक दूसरे से मिली हुई थी...| वशिष्ठ के होने से ही प्राक्षी और पार्थ का अस्तित्व था और प्राक्षी के होने से ख़ुशी और अद्विका का.. परन्तु ख़ुशी,प्राक्षी की माता की तरह क्या एक बेहद खूंखार योद्धा बनेगी या उसके हृदय में सहनशीलता और परोपकार के कुछ अंकुर फूटेंगे यह जानना प्राक्षी के लिए बेहद ज़रूरी था... और इसलिए उसने अपने पिता से आगे की कहानी सुनाने के लिए कहा...| और अपनी पुत्री की इच्छा का मान रखते हुए अपनी कहानी को आगे बढ़ाया...|

वशिष्ठ अब अंतरिक्ष में जा पंहुचा था.. परन्तु वहां का दृश्य देख कर वह स्तब्ध रह गया... अंतरिक्ष में ऐसे असंख्य ग्रह मौजूद थे जो केवल

अग्नि की शक्ति से चमक रहे थे...| अग्नि को देख कर वशिष्ठ इतना तो समझ गया था ...कि ख़ुशी इन असंख्य ग्रहों में से ही किसी एक ग्रह पर मौजूद है.. परन्तु किस ग्रह पर यह सबसे बड़ा सवाल था...|

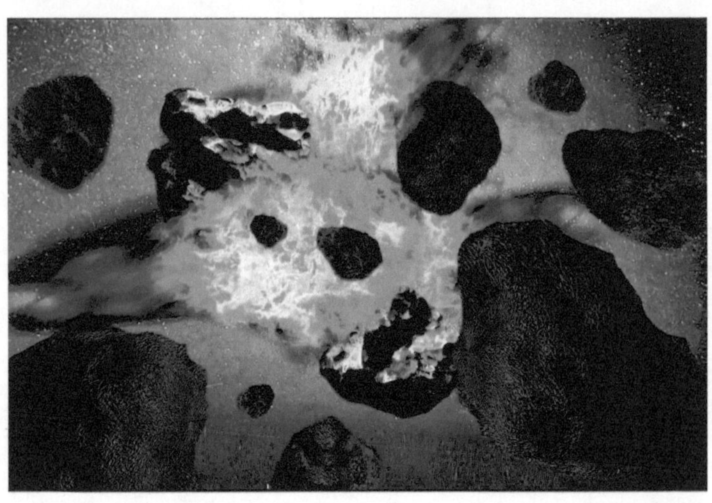

उन सभी ग्रहों के बीच असमंजस में फंसे वशिष्ठ को उन सभी ग्रहों के समूह के मध्य में एक मनुष्य आकृति दिखाई दी....| यह देख कर वशिष्ठ सतर्क हो गया.... और खुद को छिपाते हुए उस मानव आकृति को ध्यान से देखने लगा... और ऐसा करने पर उसने पाया कि वह और कोई नहीं बल्कि सुलोचना थी...| यह देखकर वशिष्ठ को अपने पिता की बात याद आयी... उन्होंने कहा था कि "वहां पर तुम्हें मनुष्य जैसे बहुत लोग मिलेंगे परन्तु उनमें से कोई भी मनुष्य नहीं होगा...|" परन्तु सुलोचना को देखकर वशिष्ठ को मनुष्य गुणों का आभास हो रहा था... और यह जानने के लिए उसने सुलोचना के सम्मुख जाने का निर्णय लिया...| वशिष्ठ को अपने सम्मुख आता देखकर सुलोचना क्रोध से आग बबूला हो गयी.... और वशिष्ठ पर प्रहार करना शुरू कर दिया... सुलोचना के प्रहारों में ख़ुशी की अग्नि की झलक रही थी...| परन्तु वशिष्ठ भी कोई

साधारण मनुष्य नहीं था ...वह भी सुलोचना के प्रत्येक प्रहार का उचित जवाब दे रहा था... और दूसरी बात ये थी कि वशिष्ठ के पास जीवन मणि थी... अतः इस युद्ध में वशिष्ठ का पलड़ा भारी था...| यह जानते हुए भी कि वह सुलोचना को मृत्यु लोक पंहुचा सकता था... परन्तु उसने ऐसा नहीं किया क्यूंकि सुलोचना ही एक मात्र मार्ग थी जिसके सहारे वशिष्ठ ख़ुशी तक पहुँच सकता था...| इसलिए वह सुलोचना से युद्ध करता रहा एक अवसर की तलाश में... कि कब वह सुलोचना को बंदी बनाकर उससे ख़ुशी के बारे में पूछे,परन्तु सुलोचना वशिष्ठ को वो अवसर देने के लिए तैयार नहीं थी...| काफी देर की जद्दोजहद के बाद सुलोचना ने बेहद क्रोध में आकर वशिष्ठ पर एक ज़ोरदार प्रहार किया और उसके प्रतियुत्तर में वशिष्ठ ने जब अपना प्रहार किया तब उन दोनों की शक्तियों के टकराने से जो ऊर्जा निकली उस ऊर्जा के वेग से वशिष्ठ के हाथ से स्थिरता मणि सुलोचना के पैर पर जा गिरी और वशिष्ठ के हाथ से मणि सुलोचना के पैर पर गिरते ही वह अचेत होकर भूमि पर गिर गयी...|

पुनः चेतना लौटने पर ...उसने वशिष्ठ को प्रणाम किया और कहा... "आप यहाँ पर कैसे और हम दोनों इस स्थिति में कैसे आये..."? इस पर वशिष्ठ ने कहा.... हम दोनों के मध्य एक घमासान युद्ध हुआ... परन्तु लड़ते-लड़ते यह स्थिरता मणि तुम्हारे पैर पर गिर गयी.... जिसके कारण तुम्हारा मन स्थिर हो गया और तुम्हें तुम्हारी शक्तियों पर संतुलन बनाना आ गया.... परन्तु यदि तुम मनुष्य नहीं हो.. तो इतनी शीघ्रता से तुमने मुझे पहचाना कैसे...?" यह सुनकर सुलोचना ने कहा... "हे देव मैं न तो दैत्य हूँ और न ही मानव , मैं एक अमानव हूँ.. अर्थात दैत्यों और मानव दोनों के गुण मुझ में विद्यमान हैं... परन्तु अब स्थिरता मणि के स्पर्श हो जाने के बाद .... मैं अपने मानव गुणों के साथ आपकी मदद करती रहूंगी....|"

यह सुनकर वशिष्ठ ने स्थिरता मणि एक धागे से बांधकर सुलोचना के गले में डाल दी और ये वही लॉकेट था जो प्राक्षी ने उस मूर्ति के गले में देखा था..|" अब सुलोचना ने वशिष्ठ को बताया कि यहाँ आने के बाद ख़ुशी ने अपनी अग्नि की शक्तियों की मदद से एक महासेना का निर्माण

किया... .परन्तु अब समस्या ये थी कि खुशी की अग्नि की शक्तियां इतनी प्रचंड थी कि उन शक्तियों से उसने इतनी बड़ी सेना बना डाली जिनके लिए एक स्थान पर रहना दूभर हो गया.... और तब ख़ुशी ने इन सभी ग्रहों का निर्माण किया...| यहाँ जितने भी ग्रह आपको दिख रहे हैं... उन सब में ख़ुशी द्वारा प्रकट किये गए खूंखार योद्धा और दैत्य रहते हैं.. जो ख़ुशी के एक इशारे पर किसी भी स्थान को एक पल में श्मशान में बदल सकते हैं यहाँ मौजूद हर एक ग्रह ख़ुशी के नियंत्रण में है.. सिवाय एक को छोड़ के और वह है ZORN...| ZORN ग्रह तब बना था जब आप और राघव तपस्या में लीन थे,आप दोनों के तप के तेज से उस ग्रह का निर्माण हुआ | इसीलिए उस ग्रह पर खुशी की सेना से जितने लोग गए... उन सब के साथ ख़ुशी का संपर्क टूट गया क्यूंकि उस गृह पर आज भी पवित्रता मौजूद है...|" ये सुनकर वशिष्ठ ने कहा.... "खुशी बहुत शक्तिशाली हो चुकी है ये मैं जान गया हूँ .. परन्तु कोई तो ऐसा तरीका होगा जिससे उसे समाप्त किया जा सके... मैं जानता हूँ कि उसके पास अग्नि रत्न है..." वशिष्ठ इससे पहले अपनी बात खत्म कर पाता सुलोचना ने उसे बीच में रोकते हुए कहा "नहीं !अग्नि रत्न नहीं ख़ुशी स्वयं अग्नि है.... और अग्नि को कोई समाप्त नहीं कर सकता.... केवल शांत कर सकता है और ख़ुशी की अग्नि को शांत करने का उपाय है ये स्थिरता मणि...| खुशी ने अपनी शक्तियों को एक जगह एकत्र करके एक विजय धनुष का निर्माण किया है... और वह धनुष खुशी की इच्छा मात्रा से चलता है... और ये सारे ग्रह भी... यदि हम उस धनुष को खुशी के हाथ से दूर कर दें..तो हम सफल हो सकते हैं और हमें इस स्थिरता मणि को खुशी को धारण कराना होगा....|

इस मणि से उसकी शक्तियाँ समाप्त तो नहीं होंगी... परन्तु इस मणि के प्रभाव से इन सभी ग्रहों के साथ ख़ुशी का संपर्क टूट जायेगा और तब ये सब ग्रह स्वतंत्र रूप से चलायमान हो जायेंगे...| न ही इन ग्रहों का खुशी से कोई संपर्क रहेगा और न ही आपस में एक दूजे से....| भविष्य में क्या होगा ये हम दोनों नहीं जानते परन्तु इससे वर्तमान सुरक्षित अवश्य हो जायेगा....| ये सब सुनकर वशिष्ठ ने सुलोचना से कहा..... तुमने मुझे सब कुछ बताया परन्तु वह एक व्यक्ति जिसके बारे में सुनने के लिए मैं उत्सुक हूँ उसके विषय में अब तक तुमने कुछ नहीं बताया... राघव? कहाँ है वह..” वशिष्ठ की बात सुनकर सुलोचना ने कहा... राघव जीवित नहीं है,ख़ुशी ने मुझे वश में करके मुझसे ही उनकी हत्या करवा दी थी और उसकी आत्मा और दिमाग का उपयोग करके एक नए शरीर का निर्माण किया.... जिसकी सूरत राघव की है... परन्तु शक्ति और मन ख़ुशी को समर्पित है....| वह अपने बारे में सब कुछ भूल चुके हैं... नया

शरीर बनने के बाद ख़ुशी ने मेरा और राघव का पुनः विवाह कराया और उन्हें दिया एक नया नाम AUDRIC मेरा नाम भी अब सुलोचना नहीं है मेरा नाम अब AUSTIN है... परन्तु मेरे शरीर को अब स्थिरता मणि ने स्पर्श कर लिया है इसी कारण अब खुशी मुझे पूर्ण रूप से कभी भी बदल नहीं पायेगी...|

AUDRIC और ख़ुशी इस समय उस ग्रह पर हैं जो इन सभी ग्रहों के झुरमुठ में चन्द्रमा की भांति चमक रहा है... और वो है.. "ECHO" ECHO पर ख़ुशी और AUDRIC के अलावा कोई नहीं रहता वो दोनों निरंतर स्थिरता मणि की तलाश में हैं.. क्यूंकि एक यही है जो खुशी को नियंत्रित कर सकती है.. और यदि ये भी खुशी के हाथ आ गयी.... "तब वह अजेय हो जाएगी.." AUSTIN की बात सुनकर वशिष्ठ उससे कहता है.... हमें ऐसा कुछ करना होगा जिससे AUDRIC को ख़ुशी से अलग किया जा सके और तब मौका पाकर मैं ख़ुशी के शरीर में स्थिरता मणि का प्रवेश करा दूंगा... और ठीक उसी समय तुम उस विजय धनुष को तोड़ देना... ये सुनकर AUSTIN ने कहा.... "उस विजय धनुष को तोडा नहीं जा सकता... वह केवल खुशी की इच्छा मात्र से चलता है... एक बार स्थिरता मणि ख़ुशी से स्पर्श हो गयी... फिर हम उसे परास्त करके नियंत्रित कर सकते हैं....| परन्तु स्मरण रहे यदि खुशी ने इन ग्रहों को आदेश दे दिया तो ये आकाश तो क्या सम्पूर्ण ब्रह्माण्ड भी आपके लिए छोटा पड़ जायेगा...| आप किसी अग्नि रत्न से नहीं स्वयं अग्नि से टकराने जा रहे हैं..." इसके बाद AUSTIN ने योजना अनुसार ECHO पर प्रवेश करने में वशिष्ठ की सहायता की और "वो दोनों अब अपनी-अपनी नियति की परीक्षा करने के लिए सज्ज थे...

10

Vashishtha's Plan

वशिष्ठ और AUSTIN अपने-अपने लक्ष्य की प्राप्ति की ओर चल पड़े थे...| AUSTIN ने किसी तरह वशिष्ठ को... ECHO ग्रह पर प्रवेश दिला दिया था...| अब AUSTIN का एक मात्र लक्ष्य AUDRIC को ख़ुशी से दूर रखना था....| ताकि वशिष्ठ को पर्याप्त समय मिल पाए अपने कार्य की सिद्धि के लिए....| AUSTIN और वशिष्ठ के लिए ये दिन बहुत बड़ा था और उनके साथ-साथ प्राक्षी और पार्थ के लिए भी.. क्यूंकि शायद ये उस कहानी का आखिरी भाग था जिसके समाप्त होने के बाद बहुत से रहस्यों से पर्दा उठने वाला था और प्राक्षी और पार्थ उन सब रहस्यों को जानने के लिए सज्ज भी थे और उत्सुक भी... और इसी उत्सुकता में उन्होंने अपने पिता से कहानी आगे बढ़ाने के लिए कहा.." अपनी संतानों के मन की बात जानकर वशिष्ठ ने अपनी कहानी का अंतिम भाग सुनाना आरम्भ किया...|

वशिष्ठ को ECHO पर प्रवेश दिलाने के बाद AUSTIN ने उसे एक गुप्त स्थान पर छिपा दिया...| जहाँ से वह ख़ुशी पर निरंतर नज़र रख सकता था बिना किसी को भी नज़र आये...| अब AUSTIN के लिए सबसे जरूरी काम था AUDRIC को ख़ुशी से दूर करना.... AUSTIN एक बहुत ही खूबसूरत और आकर्षक महिला थी और उसने अपनी सुंदरता को

ही अपना सबसे बड़ा हथियार बनाने का निर्णय लिया और उस दिन बहुत श्रृंगार करके वहां गयी...| जहाँ पर AUDRIC और ख़ुशी वार्तालाप कर रहे थे... AUSTIN को यूँ अचानक आता देखकर ख़ुशी अत्यंत क्रोधित हुई.... और बोली "तुम यहाँ नहीं आ सकती हो.... क्या तुम्हें इतनी-सी बात समझ नहीं आती कि तुम्हारे अंदर अभी भी मनुष्य के गुण उपस्थित हैं...| यदि एक बार पुनः तुमने इस कक्ष में प्रवेश करने का प्रयत्न किया तो मैं तुम्हें भस्म कर दूंगी... तुम्हारा शव तो क्या तुम्हारी राख़ भी किसी को प्राप्त नहीं होगी...| इसलिए जब तक मैं तुम्हारे अंदर से मनुष्य के गुण समाप्त न हो जाएँ तुम यहाँ प्रवेश नहीं कर सकती... और मनुष्य के गुण समाप्त करने के लिए ही तुम्हारा विवाह AUDRIC से कराया गया है.. इसलिए जब तक तुम्हारे बीच वैवाहिक संबंध स्थापित नहीं होंगे तुम्हारे अंदर से मनुष्य की प्रवृत्ति समाप्त नहीं होगी... इतना कहकर ख़ुशी ने AUSTIN को लात मार कर कक्ष से बाहर निकल दिया...|"

ख़ुशी के होते हुए AUDRIC भय के कारण कुछ बोल नहीं पाया परन्तु आज AUSTIN की सुंदरता को देखकर वह उसकी तरफ सम्मोहित था और इसीलिए वह विचार करने लगा कि किस तरह वह AUSTIN के साथ समय बिताये...| काफी देर की वार्ता के बाद ख़ुशी ने AUDRIC से कहा.... "अब तुम्हें सभी ग्रहों की गतिविधियों पर नज़र रखने के लिए दौरे पर जाना चाहिए.... परन्तु स्मरण रहे यदि

तुमने ZORN की सीमाओं में प्रवेश किया तो स्वयं मैं भी तुम्हरा रक्षण नहीं कर पाऊँगी..." ख़ुशी का आदेश पाकर AUDRIC वहां से तो चला गया.. परन्तु उसके हृदय में AUSTIN के प्रति जो प्रेम प्रकट हुआ वह उसको भी झुठला नहीं पा रहा था और इसीलिए उसने बाहर जाने से पहले AUSTIN से मिलना उचित समझा...| और जैसे ही AUDRIC ने AUSTIN के कक्ष में प्रवेश किया.... सामने का दृश्य देखकर वह दंग रह गया....|

सुन्दरता की किसी प्रतिमा की भांति AUSTIN मानो AUDRIC की ही प्रतीक्षा कर रही थी... AUSTIN की सुंदरता देखकर AUDRIC बाकि सब भूल गया और AUSTIN की तरफ़ बढ़ने लगा....| AUSTIN यह जानती थी कि AUDRIC का स्पर्श पाकर वह एक मनुष्य के सारे गुण खो देगी.... परन्तु स्थिरता मणि के प्रभाव से वह अपनी पुरानी ज़िन्दगी को नहीं भूलेगी ...और किसी भी प्रकार की शक्ति उसे पूर्ण रूप से नहीं बदल पाएगी...| परन्तु अपने कर्त्तव्य पथ पर AUSTIN ये बलिदान देने के लिए सज्ज थी... जैसे ही AUDRIC ने AUSTIN को स्पर्श किया.... तब दो घटनाएं हुईं...|

पहली घटना के परिणाम स्वरुप AUSTIN ने अपने सभी मनुष्य गुण खो दिए... यानि अब वह कभी भी पृथ्वी पर पूर्ण रूप से निवास नहीं कर सकती और दूसरी घटना के परिणाम स्वरुप AUSTIN के गले में लटकी स्थिरता मणि के प्रभाव से AUDRIC अब AUSTIN के वश में था और AUSTIN जो चाहे AUDRIC से करवा सकती थी...| यद्यपि AUSTIN ने AUDRIC के गले में स्थिरता मणि डाल दी थी तथापि वह परिवर्तन स्थायी नहीं था.... और इसलिए AUSTIN,AUDRIC को लेकर तुरंत उस स्थान पर जा पहुंची जहाँ पर उसने वशिष्ठ को छिपाया था और तब उसे पूरी बात बताई...|

उसके बाद वशिष्ठ ने AUDRIC से कहा... "हमे ख़ुशी का वो विजय धनुष लेना है जो सदैव उसके हाथ में रहता है और इस कार्य को केवल तुम ही अंजाम दे सकते हो...|" ये सुनकर AUDRIC ने कहा.... विजय धनुष को लेकर तुम केवल ख़ुशी का संपर्क बाकि ग्रह के लोगों से तोड़ सकते हो परन्तु उसे पराजित नहीं कर सकते हो| वह अग्नि को धारण

करने वाली एक महाशक्ति है... परन्तु उसे पराजित करने का एक उपाय है... यदि तुम उसे किसी प्रकार ZORN की सीमाओं में ले जाओ... तो वहां पर ख़ुशी की शक्तियां कमज़ोर हो सकती हैं...| क्यूंकि ZORN ग्रह पर आज भी सकारात्मक ऊर्जा शेष है... परन्तु एक समस्या अभी भी है...|" ये सुनकर वशिष्ठ ने कहा...."समस्या कैसी समस्या?" ये सुनकर AUDRIC ने कहा कि " जीवन मणि... क्यूंकि जीवन मणि अब अब तक एक बार ECHO में प्रवेश कर चुकी है... इसलिए जीवन मणि के अंदर ECHO पर मौजूद नकारात्मक ऊर्जा का संचार हो चुका है... और यदि जीवन मणि को ZORN की सीमाओं पर ले जाया गया.... तो वहां भी ख़ुशी को हरा पाना असंभव हो जायेगा,|"

ये सुनकर वशिष्ठ ने कहा उसका उपाय हम ढूंढ लेंगे परन्तु फ़िलहाल तुम जाओ और ख़ुशी से वो विजय धनुष ले आओ और उसके साथ ही वशिष्ठ ने AUDRIC के कान में वो सब भी कहा जो उसे ख़ुशी के सामने जाकर कहना था... ये सुनकर AUDRIC वहाँ से चला गया... AUDRIC के जाते ही... AUSTIN ने ख़ुशी के धनुष के समान ही दूसरे धनुष का निर्माण किया... जो कि देखने में एकदम विजय धनुष जैसा था... AUSTIN से वह धनुष लेकर वशिष्ठ ने उसे जीवन मणि प्रदान की और कहा.... "ये मणि तुम्हारे पास भविष्य की धरोहर की तरह होगी... भविष्य में जब भी यह मणि लेने के योग्य तुम किसी को समझोगी... उसी पल तुम्हारा ECHO ग्रह से मुक्ति का मार्ग खुल जायेगा.." ये सुनकर "AUSTIN ने जीवन मणि को अपने शरीर में धारण किया |

उधर AUDRIC ख़ुशी के सामने पहुँच चुका था और वहां जाकर उसने ख़ुशी से कहा... "आपको इस समय कष्ट देने के लिए मैं क्षमा चाहता हूँ परन्तु बात ही कुछ ऐसी है जिसका समाधान किया जाना आवश्यक है.." ये सुनकर ख़ुशी ने कहा "ऐसी क्या बात है जो तुम्हें विचलित कर रही है.... इन सभी ग्रहों के मंडल में भी तुमसे ज्यादा बुद्धिमान व्यक्ति नहीं है...| फिर ऐसा क्या हुआ जो तुम इतना परेशान हो..." ये सुनकर AUDRIC ने कहा... "ZORN ग्रह पर पृथ्वी से कोई मनुष्य आकर निवास करने लगा है... और खबर मिली है कि ZORN ग्रह के प्राणियों के साथ मिलकर आपको पराजित करने की योजना बना रहा है... और ZORN पर मौजूद

सकारात्मक ऊर्जा को उसकी उपस्थिति निरंतर बढ़ा रही है....| इसी कारण ZORN के लोगों ने भी उसे अपना मसीहा मान लिया है.... और वो सब ECHO की तरफ बढ़ रहे हैं...|" चूँकि ख़ुशी ने AUDRIC को स्वयं दौरे पर भेजा था इसलिए उसे उस पल AUDRIC की बातों पर यकीन आ जाता है और वह कहती है.... "उन सबका इतना साहस कि वो मुझे चुनौती देंगे और वह भी एक मनुष्य की सहायता से मैं आज ZORN की हस्ती मिटा दूंगी..." ख़ुशी का क्रोध इतना प्रचंड था कि उस क्रोध से जो अग्नि उत्पन्न हुई उससे समस्त ECHO ग्रह किसी आग के गोले की भांति जलने लगा....|

ख़ुशी अपने विजय धनुष से अपनी सेना को आवाहन देने ही जाने वाली थी कि AUDRIC ने उसे रोकते हुए कहा... "रुकिए! क्या आप भूल गयीं कि यदि हमारा एक भी सैनिक ZORN की सीमाओं में कदम रखेगा तो वह वापस नहीं आ पायेगा... और स्वयं आप भी उस ग्रह पर असहाय हो जायेंगी... इसलिए मेरा मत यह है कि मैं स्वयं जाकर ZORN ग्रह को युद्ध का आवाहन दूँ और उनके सीमा से बाहर आते ही मैं हमारी पूरी सेना समेत उन पर आक्रमण कर दूँ...| परन्तु आपका युद्ध में सम्मिलित होना आवश्यक नहीं है... हो सकता है कि उनके पास कोई योजना हो...|" ये सुनकर ख़ुशी ने कहा.... "तुम उचित कह रहे हो... परन्तु तुम हमारी सेना को आवाहन कैसे दे सकते हो ,ये सेना सिर्फ इस विजय धनुष से ही बुलाई जा सकती है...| इसलिए मेरा वहां होना आवश्यक है...|"

ये सुनकर AUDRIC ने ख़ुशी से कहा "सेना को बुलाने के लिए आपका जाना आवश्यक नहीं है... यदि आप अपना ये विजय धनुष मुझे कुछ समय के लिए दे दें तो मैं सेना को बुला सकता हूँ...|" ख़ुशी को पहले तो ये बात बहुत अजीब लगी परन्तु उसको AUDRIC की वफादारी पर पूरा भरोसा था क्यूंकि AUDRIC उसे हमेशा सही सलाह देता था इसलिए ख़ुशी ने उसे अपना विजय धनुष दे दिया और कहा "जाओ और ZORN को अग्नि की शक्ति का,ख़ुशी की शक्ति का परिचय दो..|" ये कहकरAUDRIC वहां से चला गया...|AUDRIC ने ख़ुशी का विजय धनुष ले जाकर सीधा वशिष्ठ को दे दिया... और वशिष्ठ ने अपनी शक्तियों से उस धनुष को अपने शरीर में समाहित कर लिया....और जो नकली विजय धनुष AUSTIN ने बनाया था उसे धारण कर लिया और AUDRIC के गले में से वो स्थिरता मणि निकाल ली और ऐसा करते ही AUDRIC बेहोश होकर भूमि पर गिर गया... तब वशिष्ठ ने AUSTIN से कहा.... "अगले दो पहर तक ये इसी प्रकार अचेत रहेगा हमारे पास केवल दो पहर का समय है...| इसलिए योजना के मुताबिक जल्द से जल्द हमें कार्य करना होगा... और स्मरण रहे जीवन मणि ख़ुशी या AUDRIC के हाथ न लगे..." इतना कहकर "वशिष्ट ECHO से बाहर चला गया... और AUSTIN ख़ुशी की तरफ निकल पड़ी...|

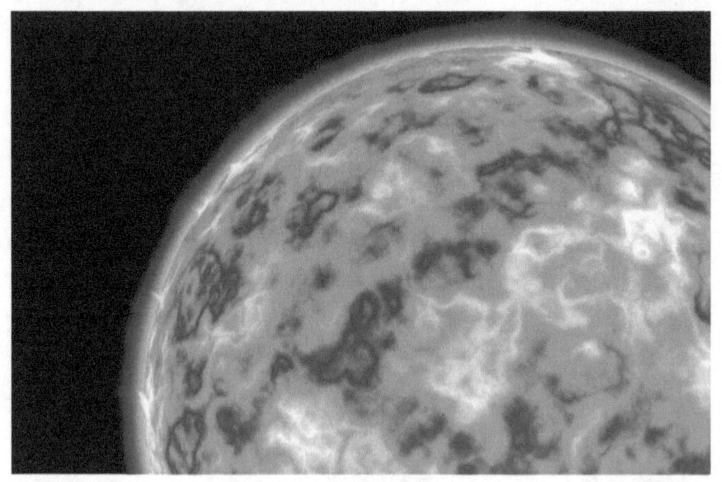

11

The War

धोखे की एक खासियत होती है... वो हमेशा वही देता है ...जो हमारा अपना हो... जिस पर हमें खुद से भी ज्यादा भरोसा हो...| AUDRIC के साथ भी यही हुआ... उसने जिस AUSTIN पर सबसे ज्यादा विश्वास किया, उसी ने उसे धोखा दिया... परन्तु AUSTIN अपने कर्म और कर्त्तव्य के आगे विवश थी... परन्तु ये बात समझना AUDRIC के लिए असंभव था क्यूंकि वो अपनी पुरानी ज़िन्दगी के बारे में सब कुछ भूल चुका था...| तो क्या वह AUSTIN से उसके इस छल का प्रतिशोध लेगा...? क्या वह AUSTIN को कोई दंड देगा? ये सवाल प्राक्षी और पार्थ के मन को कचोट रहे थे... और इन सब बातों ने प्राक्षी के मन में AUSTIN के प्रति दया का भाव प्रकट कर दिया... और इसी समस्या के निवारण के लिए उसने अपने पिता से आगे की कहानी सुनाने का आग्रह किया... और वशिष्ठ ने उस आग्रह को स्वीकार करते हुए आगे की कहानी सुनाना शुरू किया...|

वशिष्ठ वो नकली विजय धनुष और स्थिरता मणि को लेकर ECHO से बाहर चला गया था... और योजना के अनुसार AUSTIN दौड़ती हुई ख़ुशी के पास गयी और कहा... "बचाइए देवी बचाइए! हम सबकी ज़िन्दगी खतरे में है..." ये सुनकर ख़ुशी क्रोध से आग बबूला हो गयी और बोली "आज तुम्हारी मृत्यु का प्रबंध मैं कर ही देती हूँ... बार-बार कहने के बाद भी तुमने इस कक्ष में प्रवेश करने का दुस्साहस किया... आज इसका

दंड तुम्हें भुगतना होगा..|"

ख़ुशी अपनी अग्नि की ज्वाला से AUSTIN का वध करने ही वाली थी परन्तु AUSTIN ने उसे रोकते हुए कहा "आप अवश्य ही मेरा वध कर सकती हैं.... परन्तु उससे पहले इस ग्रह और आपके प्रति मेरा जो कर्त्तव्य है... मुझे वो निभा लेने दीजिये| एक बार आप मेरी बात सुन लीजिये,उसके बाद आप जो चाहें मुझे दंड दे सकती हैं..." ये सुनकर ख़ुशी

ने AUSTIN से कहा, "ठीक है मैं तुम्हारी इच्छा का मान रखूंगी... मैं तुम्हें एक मौका देती हूँ बोलो तुम्हें क्या कहना है, ये सुनकर AUSTIN ने कहा... "आपके आदेश अनुसार AUDRIC,ZORN की सीमाओं की तरफ गए थे... परन्तु वहां जो मनुष्य आया है उसने AUDRIC को बंदी बना लिया है.. और अब आपका विजय धनुष भी उन्ही के पास है.... इसलिए अब हम सबकी जान खतरे में है... और आप ही हमें इस संकट से मुक्ति दिला सकती हैं....| आप ही हैं जो एक साथ उन सभी ग्रहों का रक्षण कर सकती हैं...|"

ये सुनकर ख़ुशी क्रोध से आग बबूला हो गयी और बोली.. "उन लोगों का इतना साहस जो ख़ुशी की दुनिया तबाह करना चाहते हैं... क्या उन मूर्खों को ये ज्ञात नहीं कि मैं स्वयं अग्नि हूँ... और अग्नि को कोई बांध नहीं सकता| इसके बाद ख़ुशी ने AUSTIN से पूछा. "बताओ मुझे कहाँ हैं वो? जिसने AUDRIC को बंदी बनाने और मेरे धनुष को हाथ लगाने का साहस किया है... क्या वो ये बात नहीं जानते कि वो धनुष मेरे स्पर्श से नहीं बल्कि मेरे मन की शक्ति से चलता है...|" ये सुनकर AUSTIN घबरा गयी और कहा "तो क्या आप यहाँ रहते हुए भी उस धनुष की सहायता से बाकि ग्रहों पर मौजूद सैनिकों को बुला सकती हैं.....?" ख़ुशी ने AUSTIN की बात का जवाब देते हुए कहा... "मैं उस धनुष को बिना स्पर्श किये भी उस धनुष की सहायता से अपने सैनिकों को बुला सकती हूँ,परन्तु उसके लिए वह धनुष मेरी दृष्टि के दायरे में होना चाहिए...| इसलिए मैं अभी और इसी समय उस मनुष्य को यूँ जलाकर भस्म कर दूंगी.... जैसे ग्रीष्म ऋतु सूखी हुई घास को जलाकर राख कर देती है...|" और इतना कहकर ख़ुशी भयंकर अग्नि धारण किये हुए ECHO से ZORN की तरफ बढ़ चली... ख़ुशी का इतना प्रचंड रूप स्वयं AUSTIN ने भी आज तक नहीं देखा था... "इसलिए वह वशिष्ठ के विजयी होने की कामना करने लगी... परन्तु इसके बीच में भी उसने अपने कर्त्तव्य का त्याग नहीं किया... और उसने अपने शरीर से जीवन मणि निकाल कर उसे सदैव के लिए सुरक्षित करने के लिए ख़ुशी के सिंहासन के नीचे छिपा दिया... क्यूंकि वही एक ऐसी जगह थी जहाँ पर कोई उसे नहीं खोज पाएगा और अब उसकी पूरी आशा वशिष्ठ और ख़ुशी के बीच होने वाले

युद्ध के परिणाम पर टिकी थी..|"

उधर ख़ुशी ,ZORN की सीमा के बाहर आकर खड़ी हो गयी और बोली... "यदि तुम में साहस है तो आज अग्नि का ये प्रचंड रूप देख लो शायद तुम्हारी बुद्धि तीव्र गति से चलने लगे..." ये सुनकर उसके पीछे से वशिष्ठ ने कहा... "यदि इच्छा हो तो तुम भी आज अपनी शक्ति का परीक्षण करके देख लो और यदि सच की शक्ति के सामने वह ठहर जाये तो तुम विजयी मान ली जाओगी...|" ये सुनकर ख़ुशी जैसे ही पलटी उसके सामने वशिष्ठ हाथ में विजय धनुष लिए खड़ा था...| वशिष्ठ को वहां देख कर ख़ुशी क्रोधित हो उठी और बोली.... "आइये पति परमेश्वर आपका हार्दिक स्वागत है... आज आप मुझे अपनी सेवा का अवसर दीजिये...|" ख़ुशी के व्यंग्यात्मक वचन सुनकर वशिष्ठ ने कहा "अवश्य मैं तुम्हें अपनी सेवा का मौका दूंगा परन्तु तुम पहले मेरी सेवा का आनंद लो..." और इतना कहकर वशिष्ठ ने स्थिरता मणि को धनुष में साधा और ख़ुशी की तरफ संधान किया और ऐसा करने से स्थिरता मणि ख़ुशी के शरीर में प्रवेश कर गयी.... और स्थिरता मणि का स्पर्श पाते ही ख़ुशी की शक्तियाँ कमज़ोर पड़ने लगीं... और इस अवसर का लाभ उठा कर वशिष्ठ,ख़ुशी की तरफ बढ़ ही रहा था कि तभी अचानक फिर से ख़ुशी के शरीर की अग्नि प्रज्ज्वलित हो उठी और ख़ुशी ने कहा... "इस मणि से मेरी शक्तियां कमज़ोर हुईं हैं परन्तु स्मरण रहे मैं स्वयं अग्नि हूँ... इसलिए तुम्हें मुझे हराने के लिए युद्ध करना होगा..." और इतना कहकर ख़ुशी ने वशिष्ठ पर एक ज़ोरदार प्रहार किया.... परन्तु किसी तरह वशिष्ठ ने उस प्रहार से स्वयं का रक्षण किया... और अपनी शक्ति से ख़ुशी पर हमला किया.... बस फिर क्या था दोनों ओर से भयंकर प्रहार होने शुरू हो गये और देखते ही देखते इस युद्ध ने एक महा युद्ध का रूप ले लिया था... परन्तु तभी एक ऐसी घटना घटी जिसने शायद भविष्य की घटनाओं को जन्म दिया... ख़ुशी और वशिष्ठ की शक्तियों के आपस में निरंतर टकराने से दो ऊर्जा पिंडो का निर्माण हुआ और वह दोनों ऊर्जा पिंड पृथ्वी पर जाकर किसी उल्का पिंड की भांति गिरे...|

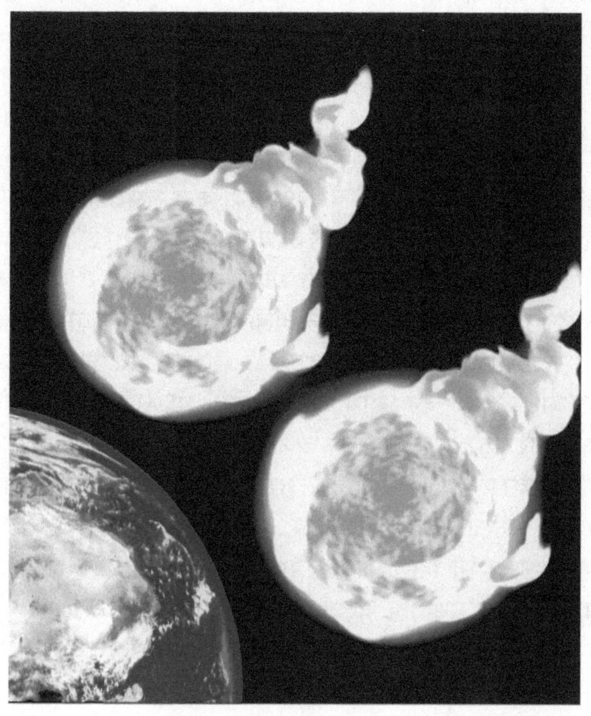

परन्तु युद्ध अभी समाप्त नहीं हुआ था... ख़ुशी ने वशिष्ठ पर अपनी अग्नि का ऐसा प्रहार किया जिससे वशिष्ठ दो कोस दूर जाकर गिरा और उसके हाथ से वो नकली विजय धनुष गिर गया... ये देखकर ख़ुशी उस विजय धनुष की तरफ बढ़ी.... परन्तु इससे पहले कि वह विजय धनुष उठाती.... वशिष्ठ ने भी उसके प्रहार का उत्तर देते हुए उस पर योग शक्ति का प्रहार किया... योग शक्ति में मौजूद सकारात्मक ऊर्जा जब ख़ुशी के शरीर से टकराई तो ख़ुशी अपने स्थान से पीछे हट गयी...| ये देख कर वशिष्ठ का साहस बढ़ गया... और उसने अब सिर्फ योग शक्ति का प्रहार करना शुरू कर दिया...| परन्तु उसके सामने जो प्रतिद्वंदी थी उसे हराना सरल नहीं था... ख़ुशी क्रोधी होने के साथ-साथ बहुत चतुर भी थी उसने

उन प्रहारों का उत्तर देने के बजाए उन प्रहारों से खुद को बचाना आरम्भ कर दिया....|" वशिष्ठ को योग शक्ति जाग्रत करने में जितना समय लगता उतने समय में ख़ुशी उस पर अग्नि प्रहार करके उसे घायल करने लगी... वशिष्ठ बहुत घायल हो चुका था परन्तु फिर भी उसने हार नहीं मानी और अपनी योग शक्ति का प्रहार जारी रखा...|

वशिष्ठ के प्रहारों से ख़ुशी की शक्तियाँ कुछ समय के लिए कमज़ोर पड़तीं... परन्तु दोबारा योग शक्ति जाग्रत करने के लिए जो समय लगता उसमें ख़ुशी फिर से विकराल रूप धारण कर लेती... ये युद्ध चलते-चलते दो पहर का समय पूरा होने वाला था....| जैसे ही वशिष्ठ को इस बात का को आभास हुआ उसके हृदय में भय का भाव जाग्रत हो गया... क्यूंकि यदि दो पहर का समय पूरा हो गया... तो AUDRIC को होश आ जायेगा और फिर ख़ुशी को हरा पाना असंभव हो जायेगा... और इसके परिणाम स्वरुप पृथ्वी का उद्धार असंभव हो जायेगा...इस विचार मात्र से ही वशिष्ठ का हृदय बैठने लगा...| अब तक के युद्ध से वह इतना तो समझ गया था कि इस पूरे संसार में ऐसा कुछ नहीं जिससे ख़ुशी को बाहुबल में हराया जा सके...| वो एक महायोद्धा है... परन्तु तभी वशिष्ठ के दिमाग में एक विचार ने करवट ली " जब-जब वशिष्ठ ने योग शक्ति से ख़ुशी पर प्रहार किये तब-तब उसने स्वयं को बचाया... और तब वशिष्ठ को याद आया कि AUSTIN ने उसे बताया था कि ZORN पर आज भी सकारात्मक ऊर्जा शेष है... जो उसके और राघव के तप की शक्ति से जाग्रत हुई थी...|

ये विचार आते ही वशिष्ठ ने सोचा यदि वह किसी तरह ख़ुशी को ZORN की सीमा के अंदर ले जाए तो वहां पर वह ख़ुशी को अपने वश में कर सकता है... परन्तु इसके लिए वशिष्ठ को अपनी जान की बाज़ी लगानी होगी.... परन्तु कर्त्तव्य के आगे वशिष्ठ ये बलिदान देने के लिए भी सज्ज था.....| वशिष्ठ समझ गया था कि इस प्रकार प्रहार करते-करते ख़ुशी को ZORN की सीमा में ले जाना एक असंभव कार्य है... इसीलिए उसने अपनी आँखे बंद करके अपने पिता को याद किया और ख़ुशी की तरफ तीव्र गति से दौड़ते हुए उसने ख़ुशी को धक्का मारा और वशिष्ठ की गति इतनी तीव्र थी कि उस तीव्र गति से वो दोनों उड़ते हुए

सीधे ZORN की सीमाओं में जा गिरे....|

ख़ुशी को स्पर्श करने से वशिष्ठ का सम्पूर्ण शरीर झुलस चुका था परन्तु तभी एक आश्चर्यजनक घटना घटित हुई... ZORN की सीमाओं में जाते ही ख़ुशी के शरीर में मौजूद स्थिरता मणि चमक उठी और अब तक जिस ख़ुशी ने स्थिरता मणि को अपने शरीर में समाहित कर रखा था अब वो स्थिरता मणि धीरे-धीरे ख़ुशी को अपने अंदर समाहित करने लगी.... और ये देखकर ख़ुशी की अग्नि भड़कने लगी और चारों तरफ अग्नि ही अग्नि फ़ैल गयी... परन्तु इस समय स्थिरता मणि ख़ुशी को कोई मौका नहीं दे रही थी...और देखते ही देखते ख़ुशी का सम्पूर्ण शरीर उस मणि में समाहित हो गया....|

ये देखकर वशिष्ठ ने उस मणि को अपने हाथों में उठाया ऐसा करते ही उसके शरीर के सभी घाव भर गए और वह पहले की तरह स्वस्थ हो गया...| इसके बाद वशिष्ठ उस मणि को लेकर सीधा AUSTIN के पास गया गया क्यूंकि दो पहर का समय किसी भी क्षण पूरा हो सकता था ... और जैसे ही वशिष्ठ ने AUSTIN से ये युद्ध की सारी बातें बतानी शुरू की और उसे वो स्थिरता मणि देनी चाही ... AUDRIC होश में आ गया और उसने वो सारी बातें सुन ली....|

वो सब सुनकर उसे बहुत क्रोध आया और वह ज़ोर से चिल्लाया परन्तु ख़ुशी के बिना वह कुछ नहीं कर सकता था इसलिए वह मजबूर था ...परन्तु उसने AUSTIN से कहा ..“आज एक स्त्री के कारण इस ग्रह का विनाश हुआ है... इसलिए मैं आज इस ग्रह को ये श्राप देता हूँ कि आज के उपरांत इस ग्रह पर कोई कन्या जन्म नहीं लेगी... और तुम जिस शक्ति को हाथ में लिए खड़े हो वही शक्ति एक दिन तुम्हारे वंश में फिर से जन्म लेगी....” और इतना कहकर AUDRIC साधना में बैठ गया...| ये देखकर AUSTIN ने कहा... “आप ये स्थिरता मणि मुझे दे दीजिये , इस वक़्त AUDRIC जो साधना कर रहे हैं... उसके पूर्ण होने के उपरांत ऐसे योद्धाओं का जन्म होगा जिन्हे हरा पाना आपके लिए संभव नहीं होगा इसलिए आप शीघ्रता से पृथ्वी की ओर प्रस्थान करें और विजय धनुष की सहायता से पृथ्वी का कल्याण करें... परन्तु स्मरण रहे उस धनुष का प्रयोग आप केवल दो बार ही कर सकते हैं... उसके बाद वह धनुष तब तक

निष्क्रिय हो जायेगा जब तक उसे कोई ऐसा हाथ न मिल जाये जो उसके योग्य हो..|" AUSTIN की बात सुनकर वशिष्ठ ने वो स्थिरता मणि उसे दी और तुरंत अपनी शक्ति से कैलाश पर ठीक उस जगह आ पहुंचा जहां पर उसके पिता साधना कर रहे थे|

वशिष्ठ ने अपने पिता को प्रणाम किया और उनसे अपनी बात कहनी चाही परन्तु उसके पिता ने बीच में रोक कर वशिष्ठ से कहा "हे पुत्र! मैं सब कुछ जानता हूँ... इसलिए मुझे ये सब बताकर समय नष्ट न करो... AUDRIC का तप पूरा हो चुका है...पर जैसी योद्‌धा की कामना उसने की थी उसका निर्माण भी हो रहा है ,इससे पहले कि AUDRIC उस योद्‌धा को सारी बातें बताये हमें शीघ्र कुछ करना होगा...इसलिए लाओ... मुझे वो विजय धनुष दो| अपने पिता की बात सुनकर वशिष्ठ ने तुरंत वो विजय धनुष अपने शरीर से निकालकर अपने पिता को दिया और उस धनुष की प्रत्यंचा को खींच कर एक बार उसका प्रयोग किया... इसका परिणाम यह हुआ कि AUDRIC उन सभी बातों और यादों को भूल गया जो उसने ख़ुशी के साथ रहते हुए अर्जित की थी... परन्तु तब तक उस योद्‌धा का निर्माण हो चुका था और उसने जन्म लेते ही AUDRIC को प्रणाम किया....| AUDRIC के हाव-भाव देखकर AUSTIN समझ गयी कि विजय धनुष का प्रयोग हो चुका है अतः.. उसने AUDRIC से कहा कि "आप इस ग्रह के राज गुरु हैं... और आपको इस ग्रह की उन्नति के लिए कार्य करना होगा जिसमें मैं आपकी पत्नी AUSTIN आपका पूरा साथ दूँगी..." ये सुनकर AUDRIC ने AUSTIN की बात को सच मान कर उस योद्‌धा को ECHO का राजा घोषित किया | वो योद्‌धा ख़ुशी की अग्नि के साथ जन्मा था ,परन्तु हर कोई ख़ुशी की तरह अग्नि को काबू में नहीं कर सकता.... वो योद्‌धा और कोई नहीं DRAVEN का ही एक पूर्वज था...|

इसके बाद वशिष्ठ के पिता ने वशिष्ठ से कहा "पुत्र इस पृथ्वी का उत्थान करने का एक मात्र मार्ग यह है कि इसे पुनः बनाया जाये... अर्थात इस धनुष की सहायता से मैं पृथ्वी को पुनः उस स्थिति में ले कर जा रहा हूँ, जब यहाँ जीवन का कोई नामोनिशान नहीं था न कोई वनस्पति न को पशु,न कोई पक्षी, था तो केवल और केवल जल... और शायद यही एक

उपाय है जल तत्त्व को जाग्रत करने का....|"
ये सुनकर वशिष्ठ ने अपने पिता से कहा, "हे पिताश्री! आप जो करना चाहते हैं, मैं उसके लिए सज्ज हूँ परन्तु जब मैं और ख़ुशी युद्ध कर रहे थे तब मेरी और उसकी शक्तियों के टकराने से दो ऊर्जा पिंडो का निर्माण हुआ था और वो दोनों ही ऊर्जा पिंड पृथ्वी पर गिरे थे... मैं उनके बारे में जानना चाहता हूँ|" ये सुनकर वशिष्ठ के पिता ने कहा... "दो नहीं वत्स तीन, उन दो ऊर्जा पिंडो में से एक ऊर्जा पिंड कैलाश की चोटी से टकरा कर दो हिस्सों में टूट गया| जिसका एक हिस्सा तमिलनाडु के कांची कैलाशनाथ में गिरा था और दूसरा केदारनाथ में...| उस एक ऊर्जा पिंड के टकराने के कारण मेरा ध्यान भंग हुआ और मैं केवल उसी ऊर्जा पिंड के दो हिस्सों को देख पाया... परन्तु दूसरा ऊर्जा पिंड मेरी दृष्टि से ओझल हो गया...| बहुत ध्यान लगाने के बाद भी मैं उसे नहीं देख पाया... | समय आने पर उन तीन ऊर्जा पिंडों से तुम्हारी तीन संतानों का जन्म होगा... इस धनुष का प्रयोग करके पृथ्वी का समय शुरू करने के बाद भी वो तीन ऊर्जा पिंड अपनी जगह सुरक्षित रहेंगे परन्तु अब समय आ गया है कि इस पृथ्वी का उत्थान किया जाये... | तुम और मैं इस सबके साक्षी हैं इसलिए अनंत काल तक तुम और मैं इस पृथ्वी पर मौजूद रहेंगे...|"

इतना कहकर "वशिष्ठ ने उस धनुष का एक बार फिर से संधान किया और ऐसा करते ही एक भयंकर विस्फोट हुआ...और सम्पूर्ण पृथ्वी का समय चक्र शून्य हो गया... अर्थात समय दोबारा वहीं आ गया जहाँ से पृथ्वी की शुरुआत हुई थी, वशिष्ठ और उसके पिता अन्तर्ध्यान होकर उन दोनों ऊर्जा पिंडो की रक्षा करने लगे...|"

अपने पिता से पूरी कहानी सुनने के बाद प्राक्षी की आँखों में आंसू आ गये और उसने अपने पिता को गले से लगा लिया और बोली.... "हे पिताश्री! आपकी इस कहानी ने मेरी ऊर्जा और मेरे विश्वास को अटल बना दिया है.... परन्तु अभी मेरे कुछ सवाल हैं जिनका उत्तर मैं जानना चाहती हूँ..." तो कृपया आप मेरे उन सभी सवालो का उत्तर देकर मुझे कृतज्ञ करें...इतना कहकर प्राक्षी ने अपने सवाल पूछने शुरू किये....

12

A New Challenge

प्राक्षी अपने पिता से अपना पहला सवाल पूछने ही वाली थी कि तभी उसके पिता ने उसे रोकते हुए कहा... "पुत्री! शायद तुम जो कुछ भी मुझसे पूछना चाहती हो.... वो सब मैं तुम्हारे बिना पूछे ही तुम्हें बता सकता हूँ....|" इतना कहकर वशिष्ठ ने बोलना शुरू किया...|

"जिस पल मैं और ख़ुशी, ZORN ग्रह की सीमा में प्रवेश कर चुके थे उस समय उस ग्रह के कुछ लोगों ने स्थिरता मणि की शक्तियों को भाँप लिया... और उन्हें ये ज्ञात हो गयी कि स्थिरता मणि ECHO पर ही है... और इसलिए सदियों से पीढ़ी दर पीढ़ी ZORN ग्रह और ECHO ग्रह के लोग आपस में लड़ते रहते हैं...| ZORN ग्रह के लोग स्थिरता मणि चाहते हैं.... और ECHO ग्रह के लोग उस मणि को अपना वरदान समझते हैं अतः ECHO ग्रह के लोग उसकी रक्षा करते हैं... ये सब कई युगों से चलता आ रहा है...| ECHO ग्रह का हर एक योद्धा ख़ुशी की अग्नि के साथ जन्म लेता है... परन्तु कोई भी उस अग्नि को काबू नहीं कर पाता था... इसलिए ECHO ग्रह के लोग अपनी स्वयं की शक्तियों से ही नष्ट हो जाते थे |

जब DRAVEN के पिता राजा थे, तो उन्होंने इस बात को गंभीरता से लिया और अपने राजगुरु अर्थात AUDRIC को इसका समाधान ढूंढने का आग्रह किया... और अपने राजा की आज्ञा मानकर AUDRIC उस समाधान को ढूंढने के लिए तपस्या करने के लिए चले गए AUDRIC

को अपनी शक्तियों से ये तो पता चल गया था कि समाधान एक द्रव्य में है परन्तु उसका पता लगाने के लिए तपस्या करना आवश्यक था ...और रही बात प्राक्षी की पुत्री में ख़ुशी की शक्तियां आने की तो जिस पल स्थिरता मणि ने ख़ुशी को अपने शरीर में समाहित किया,उस समय रोहिणी नक्षत्र चल रहा था, जब तुम्हारा स्पर्श उस लॉकेट यानि स्थिरता मणि को हुआ उस समय ख़ुशी तुम्हारे गर्भ में थी... और तुम्हारा जन्म भी रोहिणी नक्षत्र में ही हुआ था इन्हीं कारणों से ख़ुशी की शक्तियां धीरे-धीरे स्थिरता मणि से आज़ाद होने लगीं...|

ये देखकर AUSTIN ने उन शक्तियों को उसी दिन से अपनी शारीरिक और मानसिक शक्तियों की मदद से अपने शरीर में बांधना आरम्भ कर दिया था....परन्तु अब जबकि तुम्हारी पुत्री इस संसार में जन्म ले चुकी है तो ये शक्तियां शीघ्र ही AUSTIN के शरीर का नाश करके इस कन्या के शरीर में प्रवेश कर जाएँगी... इसलिए इस कन्या का उचित मार्ग दर्शन और इस कन्या को स्थिरता मणि धारण कराना अति आवश्यक है....तुम दोनों मेरी संतान हो जिस पल तुम लोग उन ऊर्जा पिंडो को तोड़ कर बाहर आये उसी पल मैंने और मेरे पिताजी अर्थात तुम्हारे पितामह ने तुम्हें अनाथ आश्रम में पलने के लिए छोड़ दिया क्यूंकि यदि हम तुम्हें अपने साथ रखते तो ये संभव था कि ECHO के लोग यहाँ बहुत पहले आ जाते...|"

ये सब सुनकर पार्थ ने अपने पिता से कहा हे पिताश्री! आपने बताया था कि उस दिन पृथ्वी पर दो ऊर्जा पिंड गिरे थे और जिनमे से एक ऊर्जा पिंड के टूटने से हम दोनों की उत्पत्ति हुई... एक ऊर्जा पिंड के दो भाग होने के बाद भी हम दोनों महाशक्तिशाली हैं... तो क्या...?" पार्थ अपनी बात पूरी कर पाता इससे पहले ही वशिष्ठ ने उसे रोक कर कहा... "हाँ वत्स !तुम ठीक सोच रहे हो जो एक ऊर्जा पिंड उस दिन तुम्हारे पितामह की दृष्टि से ओझल हो गया...| उससे भी मेरी एक संतान ने अवश्य जन्म लिया होगा...| अब वह पुत्री है या पुत्र ये मैं नहीं जानता परन्तु मेरी वह संतान जहाँ कहीं भी होगी एक महाशक्तिशाली योद्धा होगी...| तुम दोनों की सम्मिलित शक्तियों के बराबर क्षमता होगी उसमे...| मुझे विश्वास है समय आने पर वह हमें ज़रूर मिलेगी... और तभी हमें जल के तीसरे

स्थान का भी बोध होगा.... क्यूंकि जहाँ वह ऊर्जा पिंड गिरा होगा वहीं उस चमत्कारी जल का तीसरा स्थान होगा|"

इतना कहकर वशिष्ठ ने प्राक्षी से कहा... "पुत्री अब किसी भी समय ये शक्तियाँ AUSTIN के शरीर का नाश करके इस कन्या में प्रवेश कर जाएगी... परन्तु इससे घबराने की आवश्यकता नहीं है... जब तक ये कन्या 25 वर्ष की नहीं हो जाती तब तक वो शक्तियाँ इसके व्यक्तित्व को बदल नहीं सकती... परन्तु इस समय सीमा के पूर्ण होने से पहले यदि इस कन्या को स्थिरता मणि का स्पर्श नहीं कराया गया तो एक और ख़ुशी इस संसार को समाप्त करने के लिए तैयार हो जायगी...|"

वशिष्ठ के इतना कहने की देर थी कि तभी AUSTIN का शरीर एक भयंकर विस्फोट के साथ भस्म हो गया और सारी ऊर्जा ख़ुशी के अंदर समाहित हो गयी.....| AUSTIN का ये बलिदान देखकर वहां मौजूद हर एक व्यक्ति ने उसे प्रणाम किया .....और उस गुफा का त्याग करके वहां से जाने लगे... तब पार्थ ने अपने पिता से पूछा, "हे पिताश्री! मेरे मन में अब भी कुछ शंकाएं हैं... और उनमे से पहली शंका है... कि यदि आप यहाँ हैं.. तो हमारे पितामह अर्थात आप के पिताश्री कहाँ हैं...? और दूसरी ये कि स्थिरता मणि प्राप्त करने के लिए हमें क्या करना होगा...?"

ये सुनकर वशिष्ठ ने कहा, "हे पुत्र तुम अपने पितामह से भली भांति परिचित हो... गुरु भीखू जिन्होंने तुम्हें शिक्षा दी... वही तुम्हारे पितामह थे | और रही बात स्थिरता मणि की....तो पिछली बार ECHO के लोग पृथ्वी पर जल प्राप्त करने के उद्देश्य से आये थे... इस बार हम लोग ECHO पर आक्रमण करेंगे, स्थिरता मणि प्राप्त करने के लिए...|" अपने पिता के वचन सुनकर पार्थ ने उन्हें प्रणाम किया... और फिर वो सब उस गुफा का त्याग करके चले गए... |"

उन सबको लग रहा था कि स्थिरता मणि को प्राप्त करना सरल होगा और इसी के साथ उनकी सभी समस्यां समाप्त हो जाएँगी... परन्तु जंग अभी बाकि थी.... ECHO ग्रह पर MENTIS ने अपने जीवन भर की अर्जित शक्तियों की मदद से बहुत ही कम समय

में DRAVEN के पुत्र को व्यस्क बना दिया था" और अब वो शक्तिशाली पिता का एक महाशक्तिशाली पुत्र ECHO की सेवा करने और MENTIS से युद्ध कला सीखने के लिए सज्ज था.... वज्र का शरीर लिए वो योद्धा ECHO का नया सम्राट बनने के लिए और अपनी शक्तिशाली भुजाओं से अपने सभी शत्रुओं का नाश करने लिए तैयार था, और वो था......

................................"MARCUS"................................

Book Review

आपके विचार से शायद ख़ुशी की छवि एक खलनायक की रही होगी , परन्तु इस बात का एक दूसरा पहलु ये भी है कि ख़ुशी क्या कर रही थी ये वो शायद खुद भी नहीं जानती थी | वो अग्नि रत्न के वश में इस कदर फंस चुकी थी कि वो स्वयं ही अग्नि बन चुकी थी और अग्नि कभी विचार करके प्रहार नहीं करती , फिर भी ख़ुशी ECHO और अपने बाकि ग्रहों के लिए अंत तक लड़ी , भले ही वह हार गयी ,, परन्तु उसने पराजय स्वीकार नहीं की .. , एक ख़ुशी की कहानी इसके साथ समाप्त हुई ... परन्तु दूसरी ख़ुशी ,अर्थात प्राक्षी की पुत्री की कहानी यहाँ से शुरू हुई है .. |

ख़ुशी की ये कहानी अपने पीछे कुछ सवाल छोड़ गयी है आईये उन पर एक नज़र डालें

- क्या प्राक्षी की पुत्री भी ख़ुशी की ही भांति अग्नि के अधीन हो जाएगी ?
- क्या ये सभी योद्धा मिलकर स्थिरता मणि को प्राप्त करने में सफल हो पाएंगे ?
- क्या उस खो चुके ऊर्जा पिंड से जन्मी संतान वशिष्ठ को कभी मिल पायेगी ?
- क्या वशिष्ठ की वो संतान जल के तीसरे स्थान को उजागर करेगी ?
- MARCUS जो एक महाशक्तिशाली योद्धा बनने की ओर अग्रसर है क्या वो भी अपने पिता के मार्ग पर चलकर अपने पिता का प्रतिशोध लेगा ? .
- क्या ख़ुशी द्वारा बनाये गए उन असंख्य ग्रहों में से भी लोग अब उन रत्नों के लिए पृथ्वी पर आएंगे?

जानने के लिए इंतज़ार कीजिये इंतज़ार कीजिये इस सीरीज़ की अगली पुस्तक का ....

Marcus : The Predator .

Please Follow Instagram For Update : @abhi_psr_07

Kindly Give Your Feedback On Instgram For Improment Of Next Book.

Some Pics Credit : Google india.

Thank You so much .

www.ingramcontent.com/pod-product-compliance
Lightning Source LLC
La Vergne TN
LVHW101949220826
846093LV00006B/159

* 9 7 9 8 8 8 9 5 1 5 8 5 2 *